EL VIENTO DE LOS DIOSES

César Vidal

EL VIENTO DE LOS DIOSES

mr · ediciones

Primera edición: Febrero de 2005

Paseo de Recoletos, 4. 28001 Madrid
www.mrediciones.com
ISBN: 84-270-3116-5
Depósito legal: M. 2.619-2005
Fotocomposición: EFCA, S.A.
Impresión: Brosmac, S.L.

Impreso en España-Printed in Spain

A mi hija Lara, que compartió conmigo las horas de redacción de esta historia tan lejana en el tiempo y en el espacio, y, a la vez, tan cercana a lo más íntimo de nuestras almas

I

EL LIBRO DE LA ESCLAVITUD

DEL LIBRO DEL SAMURÁI

Y tomó el pincel, y sumergió su punta de cerdas de animal en la negra tinta y escribió:

He descubierto que el do *del samurái no es otro que la muerte. Sé que no pocos piensan que morir sin haber logrado cumplir con la misión es morir en vano. Pero ese razonamiento no se corresponde con la verdad y es más digno de comerciantes o campesinos que de un samurái.*

Por el contrario, me consta que aquel que elige continuar viviendo cuando ha fracasado en su misión es el que merece el desprecio. A ése hay que considerarlo precisamente un fracasado. Mejor que él es incluso el que, tras recibir un revés, acepta fanáticamente la muerte. Al menos, éste no sufrirá la deshonra.

El que aspira a ser un samurái perfecto se prepara para morir por la mañana y por la tarde, lo hace a lo largo de todo el día. Y entonces, cuando en todo momento está dispuesto a morir, consigue dominar el do *y puede consagrar de forma infatigable toda su existencia a su señor.*

FAN

I

Fan observó las negras catapultas, inmóviles y gigantescas como si se tratara de dragones dormidos y no pudo evitar experimentar un sentimiento de compasión hacia sus futuros enemigos. Sabía sobradamente lo que aquellos enormes monstruos de madera y acero podían causar en cualquier muralla por fuerte y vigorosa que fuera. Lo sabía porque había sido testigo de ello en repetidas ocasiones. La última, tan sólo unos meses atrás, había tenido como escenario Hsiang-yang, donde las tropas del Gran Jan se habían enfrentado a los sung del sur. ¡Pobres sung! ¡Creían que podrían tener alguna posibilidad de éxito contra aquella suma de fuerza y movilidad mongola, y astucia y perseverancia china! Primero, los habían obligado a encerrarse en sus ciudades simplemente porque los jinetes del Gran Jan eran imposibles de contener y, luego, habían llegado las máquinas. ¡Sus máquinas!, pensó con no oculta satisfacción Fan. Había bastado ponerlas en su debido funcionamiento para acabar con la menor resistencia.

Fan era un experto en otras materias y habilidades que iban desde la administración a la caligrafía pasando por el manejo de la espada. De hecho, habría deseado que sus actividades militares hubieran terminado con aquella campaña, tanto más de lo que ansiaba retomar tareas de carácter civil. Sin embargo, el Gran Jan había considerado todo de manera muy diferente. A decir verdad, cuando tuvo lugar su regreso a la capital, no había podido expresarlo de manera más clara.

Le había visto una de esas mañanas que sucedían a la elección de una nueva concubina. Sí, mongola, por supuesto. El Gran Jan tenía preferencias muy claras. Le gustaban las que pertenecían a la tribu de los ungratos porque poseían una piel especialmente suave y mostraban una especial habilidad para vestirse, componerse y aderezarse. Eso explicaba que cada dos años, los ungratos le enviaran un centenar de mujeres de aquella tribu. Naturalmente, el Gran Jan no aceptaba cualquier cosa. Había dispuesto que las damas mayores de palacio durmieran con las recién llegadas durante unos días para determinar si tenían un aliento bueno y agradable, si eran limpias y si no roncaban. Si a esas virtudes añadían las de no presentar señales desagradables y ser vírgenes el Gran Jan las añadía al número nada reducido de sus concubinas. ¡Ay!, se había dicho Fan, hasta en el lecho tenía el Gran Jan que mostrar su preferencia por lo mongol.

Aquella mañana, el Gran Jan le había recibido, en compañía de otros dignatarios vestidos todos ellos con amplias hopalandas de finísima seda. No tenía buen aspecto el soberano. En realidad, presentaba bolsas abultadas bajo los ojos encendidos y una palidez mortal desplegada como un velo sobre su rostro. Al verlo, Fan supo que lo que le habían dicho era verdad, que el Gran Jan se había pasado la noche determinando si la selección de concubinas era la correcta. Bueno, eso era cosa suya... Lo que le había agradado menos había sido que apenas hiciera una referencia a la victoriosa campaña que había concluido en el sur. Es verdad que él era sólo un funcionario ocupado en los últimos tiempos del correcto funcionamiento de las máquinas, pero se habría sentido complacido si el Gran Jan les hubiera reconocido su parte en el éxito. No lo había hecho. Por el contrario, les había manifestado que iba a partir de caza –una de esas cacerías que podían prolongarse durante semanas y en las que por flecha o halcón caían abatidas millares de piezas–, pero que antes deseaba indicarles cuál sería su próxima misión.

Lo hizo –eso sí– vestido como un *zhon guo ren*, cubierto hasta la cabeza de seda de la tierra Zhon guo y empleando el lenguaje de la tierra. Su antepasado Gengis había sido un *ye man* y no podía negarse, pero el Gran Jan sólo debía ser calificado de hombre civilizado, incluso refinado, aunque, eso sí, conservara algunos gustos un tanto discutibles, como el de su preferencia por las mujeres de los ungratos.

Aquella mañana, por ejemplo, no se movió ni un instante del trono, lo que Fan interpretó como una muestra de que la gota del Gran Jan no estaba pasando por sus mejores momentos. Le constaba que era posible encontrar un alivio si tan sólo hubiera estado dispuesto a modificar la dieta que consumía, si hubiera decidido abandonar –al menos por una temporada– aquellas costumbres alimenticias propias de un pueblo *ye man* y a comer más soja y más arroz en lugar de tanta caza. Pero en esta cuestión, como en otras, el Gran Jan se mostraba poco dispuesto a dejarse aconsejar por un *zhon guo ren*.

Sin embargo, con su pesadez corporal y todo, el Gran Jan demostró aquel vigor extraordinario que nunca dejaba de impresionar a Fan y a todos los que lo conocían. Sin ningún preámbulo, anunció a los presentes que el enfrentamiento con los sung había resultado un éxito, pero que sólo era el primer paso de una campaña mucho más amplia. Chasqueó entonces los dedos y dos funcionarios desplegaron diligente y rápidamente un extenso mapa.

–El país de los sung del sur –comenzó a decir el Gran Jan– ha sido sometido y su intolerable altivez castigada...

Uno de los funcionarios señaló con un puntero pintado de rojo la zona del plano a la que se estaba refiriendo el Gran Jan. Fan llegó a la conclusión de que o se proponía darles una lección de *di li xué* o entre los presentes había gente que no había tenido relación alguna con la campaña y necesitaba alguna información adicional.

–A pesar de todo –prosiguió el Gran Jan– todavía quedan rebeldes. En algunos de los puertos...

La palabra «puertos» fue subrayada por golpecitos firmes del puntero sobre distintos lugares del mapa.

–... la rebelión se mantiene. Así es porque reciben ayudas y suministros de unas islas conocidas como...

El puntero alargado del diligente funcionario quedó suspendido en el aire, seguramente a la espera de que el Gran Jan indicara cómo se llamaban los lugares en cuestión. Sin embargo, el gotoso soberano parecía haber perdido el prolijo hilo de su exposición. Por un instante, nadie se movió, nadie dijo nada, nadie respiró a la espera de que recuperara la memoria. No lo hizo. Se limitó a chasquear nuevamente los dedos y un funcionario, ataviado con una túnica de hermosísima seda azul, se acercó con pasos cortos al Gran Jan, se inclinó, suave y respetuosamente, sobre su oído derecho y pronunció una palabra que nadie, salvo él, pudo escuchar.

–... conocidas como Je-pen-kuo –dijo al fin el Gran Jan y los presentes sonrieron pletóricos de satisfacción.

–Desde esas islas –continuó con gesto ceñudo– se proporciona ayuda a los súbditos rebeldes. Semejante conducta no puede ser consentida.

Un gesto de ira, silencioso pero firme, apareció en los rostros de casi todos los presentes como convencida corroboración de lo que acababan de escuchar.

–Nuestro imperio es poderoso y fuerte, pero también es justo y clemente. Antes de desenvainar la espada, intentamos siempre evitar la guerra.

El Gran Jan hizo una pausa como si esperara que aquella declaración calara hasta lo más profundo del corazón de los presentes y continuó:

–Hace unos meses Chao Liang-pi partió como embajador a las islas de Je-pen-kuo. Sus instrucciones eran entrevistarse con su soberano, al que llaman *kotei,* e indicarle, de manera respetuosa pero firme, que si no dejaban de ayudar a los insurgentes, tendríamos que recurrir a la guerra.

El soberano había realizado una pausa y respirado hondo como si pretendiera de esa manera hacer acopio de fuerzas para lo que iba a decir. Luego, por un instante interminable, había paseado su regia mirada por encima de los concurrentes, de la misma manera que un alcotán sobrevuela un rebaño.

– No tengo duda –había dicho al fin– de que Chao Liang-pi cumplió con su misión de la manera más eficaz y competente. Su trayectoria como sirviente del imperio es conocida y jamás ha habido nada que reprocharle. Sin embargo, el... *kotei* se negó vez tras vez a recibirlo y, finalmente, fue expulsado, *expulsado* de las islas.

Un murmullo de horror se había extendido por entre la concurrencia de la misma manera que lo habría hecho una mancha de grasa de búfalo sobre un vestido de fina seda.

–Semejante vileza no puede ser tolerada –había dicho el Gran Jan y el runruneo se había convertido en un coro de voces que refrendaban aquella afirmación.

–... y no lo haremos –había remachado provocando ahora una reacción cercana al entusiasmo.

Y entonces pareció que se operaba un cambio en el gotoso soberano. Como si el *qi* que recorría sus órganos se hubiera multiplicado, había comenzado a indicar los objetivos de la guerra que se avecinaba, los efectivos con los que contaba, los mandos que la gestionarían e incluso la fecha de inicio de las operaciones. Luego había formulado una promesa de no escasa relevancia, la de que, cuando concluyera la campaña, todos y cada uno de los presentes se convertiría en gobernador de las provincias en que serían divididas las islas. Fan había logrado reprimir sus sentimientos al escuchar aquellas palabras, pero no todos los presentes habían reaccionado con la misma discreción. De hecho, más de uno y más de dos había permitido que una sonrisa de codicia le apareciera en el rostro.

Cuando, finalmente, el Gran Jan había dado por terminada la audiencia, casi todos los funcionarios se hallaban sometidos a una sensación similar al hipnotismo que puede inducir un shamán hábil en el corazón de los que se acercan a él.

Se habían postrado todos cuando el soberano había abandonado la sala y, a continuación, mientras se les servía una colación, se habían dividido en pequeños grupos para comentar lo sucedido. Fan había observado con desagrado cómo los mongoles sacaban de entre sus ropas unos vasitos en los que arrojaban escupitajos y esputos a cada dos o tres frases. Estaba convencido de que podrían pasar décadas y no se acostumbraría a esa costumbre mongola de lanzar gargajos mientras se habla con la misma naturalidad con la que el común de los mortales respira. Era cierto que, por lo menos, llevaban aquellos recipientes para recoger sus desechos y que no los arrojaban contra el suelo, pero le parecía inconcebible que aún mantuvieran aquel hábito de las estepas y más teniendo en cuenta que estaban comiendo. Se había despedido de tres o cuatro funcionarios a los que conocía desde hacía tiempo y se había acercado a uno de los soldados de guardia para informarle de su voluntad de abandonar la sala. Le habían atendido inmediatamente.

Sin caer en la descortesía, Fan había examinado al guerrero que le había acompañado a lo largo de los interminables corredores. Con seguridad, no era *zhon guo ren,* pero tampoco le había parecido que perteneciera a alguna de las tribus de mongoles. Podría ser un jurchen. Pero también un coreano. Últimamente, el Gran Jan había dado muestras de un considerable interés en este último pueblo cuyos naturales destacaban, según sabía por experiencia Fan, por su inteligencia y laboriosidad. De hecho, hasta había comenzado a estudiar su lengua, una lengua mucho menos rica y elaborada que la de *Zhon guo* pero no exenta de interés.

Finalmente, tras no poco caminar, había salido Fan de palacio y cuando los tibios rayos de sol le acariciaron suavemente el rostro, había experimentado un calorcillo de gratitud hacia el que había dado vida y forma a todo lo creado. El tiempo era bueno y en aquellos momentos hubiera deseado no tener que trabajar tanto y poder dedicarse a pasear un rato. No cabía tal posibilidad y se había encaminado hacia el lugar donde le esperaba su caballo. Quizá debería haber acudido a palacio en palanquín como correspondía a alguien de su rango. Pero le agradaba sobremanera montar aquel bruto vigoroso y de bella estampa por el que sentía un afecto especial.

Mientras desandaba el camino que lo había llevado hasta la residencia del Gran Jan, había observado las decenas de sirvientes que se cruzaban con él y que sujetaban con fuerza cadenas a cuyo extremo había amarrados por el cuello leones, linces y leopardos. Se trataba de las fieras domesticadas del Gran Jan. Gracias a ellas, la captura de jabalíes, bueyes, osos e incluso asnos salvajes era mucho más fácil y, según decían algunos, más apasionante. Desde luego, había pensado Fan, al ver a un leopardo que abría las fauces con gesto de aburrimiento, no podía resultar agradable toparse con uno de aquellos animales.

Aún estaba inmerso en sus reflexiones cuando se había visto obligado a hacerse a un lado. La avenida estaba ocupada por los cuatro elefantes que acompañaban al Gran Jan en las cacerías. Había distinguido con facilidad el que utilizaba el soberano porque sobre él se hallaba situada una habitación espaciosa de madera forrada en el exterior por pieles de leones. Le habían contado –y seguramente era cierto– que el Gran Jan gustaba de encaramarse a aquella bestia gigantesca y desde allí lanzar al vuelo a sus halcones y alcotanes para que le trajeran las presas que poco antes surcaban los aires. La diversión –había que reconocerlo– al menos no era susceptible de perjudicar su gota.

Había regresado a caballo hasta su casa, una morada solitaria en la que Fan se sentía a gusto pero en la que aparte de libros, pinturas y un par de criados no había nada ni nadie. Y allí, mientras el señor del mundo se entregaba a sus pasatiempos favoritos –la caza y las mujeres de la tribu de los ungratos–, Fan había reflexionado paciente y prudentemente sobre el hecho de que formaba parte del enjambre de funcionarios civiles y militares a los que se había dado la orden de preparar y ejecutar la invasión de unas islas situadas en el lugar donde nace el sol y conocidas entre los *zhon guo ren* como Je-pen-kuo y entre sus habitantes con el nombre de Nihon.

DEL LIBRO DEL SAMURÁI

Y tomó el pincel, y sumergió su punta de cerdas de animal en la negra tinta y escribió:

He descubierto que, a pesar de poseer escasa sabiduría, siempre intentamos resolver nuestros problemas por nuestra cuenta. Ése es un paso importante y, por regla general, de consecuencias trágicas porque nos lleva a centrar nuestra existencia en nosotros mismos y, al hacerlo, sólo conseguimos apartarnos del do *del Cielo y cometer acciones inicuas.*

Y es que la sabiduría humana es muy limitada y pequeña y se asemeja a un arbolillo raquítico azotado por los vientos impetuosos.

Por eso, creo que sería mucho más sensato reconocer que no somos capaces de obrar de manera correcta y buscar la ayuda y el asesoramiento de alguien más sabio que nosotros y que pueda brindarnos su orientación.

El hombre que actúa de esa manera demuestra que es humilde y, ejerciendo la humildad, acabará adquiriendo sabiduría. De esa manera, dejará de ser una miserable planta para, poco a poco, hundir sus raíces en la tierra y elevarse como un árbol de copa robusta y tronco impresionante.

FAN

II

Todos aquellos recuerdos, de reciente desarrollo, le vinieron a la cabeza a Fan mientras contemplaba cómo sus gigantescas máquinas de guerra –los artefactos con los que había conseguido doblegar a las poblaciones evitando así batallas que habrían ocasionado ríos de sangre– eran desarmadas, ordenadas sus no escasas piezas y embarcadas cuidadosamente en Happo. Sin embargo, a pesar del orgullo que el *zhon guo ren* sentía por aquellos instrumentos de asedio a los que casi contemplaba como criaturas propias, no se hubiera atrevido a defender que eran lo más importante de la expedición. Por lo que sabía, no había menos de trescientos navíos grandes y de quinientos bajeles pequeños que se apiñaban en el puerto como si fueran las hormigas que se abalanzan codiciosas sobre el cadáver de un pajarillo. Sin duda, se trataba de una flota imponente, pero ¿acaso cabía esperar algo distinto cuando debían dar cabida en sus panzudas formas a quince mil soldados mongoles, *zhon guo ren* y jurchenes, además de a siete mil soldados y siete mil marineros coreanos?

Eran gente peculiar los coreanos. Había charlado con algunos de ellos en un intento por practicar aquella lengua áspera y rudimentaria con la que se expresaban. No se hubiera atrevido Fan a decir que la dominaba, pero, sin duda, había adquirido un conocimiento suficiente como para captar que si existía una palabra para calificar el estado de ánimo que tenían, ésa no era la de alegría. A decir verdad, los coreanos no sentían el menor entusiasmo por aquella empresa. Por el contrario, a la primera ocasión, insistían en que no existía razón alguna para atacar las islas de Je-pen-kuo.

–Son gente mala... miserable... –decían indefectiblemente cuando se les preguntaba por la razón de su reticencia.

–Demonios... –añadía siempre en tono tétrico alguno que, por regla general, había viajado a las islas de Je-pen-kuo.

Hasta ahí se podía llegar con relativa facilidad mediante el socorrido recurso de invitar a un trago de aguardiente de arroz o alguna otra minucia. Lo difícil era conseguir alguna información adicional. Cuando Fan lo había intentado, siempre se había topado con una resistencia especial, mezcla de horror y miedo. Vez tras vez escuchó que no existía razón para complicarse la vida, que los sung del sur estaban ya más que vencidos y que los hombres de Je-pen-kuo eran miserables que carecían de interés además de caracterizarse por su comportamiento inicuo. Sí, debía de existir algo demoníaco en los habitantes de Jepen-kuo, pero ¿de qué se trataba exactamente?

Durante los días siguientes descubriría que no era, desde luego, su pericia para navegar. La flota del Gran Jan atravesó con rapidez las olas de un mar azulado y calmo que parecía invitarles a adentrarse en su inabarcable seno sin hallar la menor resistencia. Acá y allá, ya cerca de unas islas pequeñas que los habitantes llamaban Tsushima e Iki, se toparon con algunas embarcaciones, míseras y pequeñas, dedicadas a la pesca. Pero no tuvo la impresión Fan –ni nadie de los que participaban en la expedición– de que pudieran representar un peligro real. Por el contrario, sus asustados tripulantes eran gente pequeña, escuálida y que desprendía un halo de acentuado servilismo que le resultó profundamente desagradable.

No fueron mucho mejores los combatientes con los que se toparon en las islas. De hecho, Fan ni siquiera tuvo que desplegar sus máquinas de guerra. Al primer choque, aquellos guerreros cuyas armaduras eran de madera y telas entrelazadas se desbandaron. Daba la impresión de que si todo continuaba de aquella manera, la campaña prometía ser una sucesión ininterrumpida de choques de escasa envergadura hasta que todas y cada una de las islas quedara sometida a la autoridad del Gran Jan. Fan comenzó a pensar entonces que era incomprensible la actitud del *kotei* negándose a recibir al embajador Chao Liang-pi y que sólo cabía atribuirla a la insensatez más absoluta o quizá a la soberbia más irresponsable ya que, a decir verdad, apenas existe diferencia entre ambos comportamientos.

Por fin, una noche, el jefe de la expedición, un mongol fuerte y robusto que hablaba la lengua de Zhon guo con tanta corrección como lo habría hecho un *zhon guo ren,* decidió convocar a su tienda a un grupo de oficiales. Entre ellos se encontraba Fan.

–Debo daros la bienvenida y comunicaros mi gratitud y la del Gran Jan por la manera en que estáis cumpliendo con vuestro deber –comenzó diciendo en tono ceremonioso pero cordial–. Sé que algunos de vosotros deseáis ardientemente entrar en combate, pero ¿qué puedo yo hacer si estos enanos sólo saben huir y esconderse?

Un estallido de carcajadas coreó las últimas palabras del jefe mongol, pero entre los que reían no se encontraba Fan. Por supuesto, le satisfacía la manera en que se estaba desarrollando la campaña. Sin embargo, no conseguía apartar de su corazón las referencias, escuetas y enigmáticas, que sobre los habitantes de Je-pen-kuo le habían hecho los coreanos con que había departido en los días anteriores. «Demonios...» Demonios, ¿por qué?

–La fase siguiente de nuestro plan es desembarcar en esta isla –dijo el mongol señalando un punto situado en un mapa de piel desplegado en un ángulo de la sala y hacia el que dirigieron la mirada todos los presentes–. Su nombre es Kyushu y por lo que sabemos esos canijos están preparando allí una concentración de tropas importante. Al parecer esperan detenernos...

Dejó la frase sin acabar y, efectivamente, el punto final lo proporcionaron las risas animadas de buena parte de los que asistían al consejo de guerra.

Durante las horas siguientes, nada pareció contradecir tan halagüeños auspicios. El desembarco en la costa oriental de Kyushu, en un enclave conocido como Hakata, resultó de acuerdo con lo esperado. Se trataba de una bahía de formas blandas y fácilmente vadeable y, antes de que pudieran reaccionar los hombres de Je-pen-kuo, las tropas de los mongoles se encontraron pisando la arena blanda de la playa desierta como si hubieran desfilado por las avenidas de Shang-Tu, la residencia veraniega del Gran Jan.

Apenas constituyeron sus formaciones compactamente unidas, los mongoles comenzaron a tañer los tambores ensordecedores y las estruendosas campanas que los acompañaban en todas las campañas. Ciertamente el efecto sorpresa quedaba totalmente neutralizado con aquel ruido insoportable, pero no era menos verdad que el impacto aterrador que causaba en el adversario compensaba de sobra esa circunstancia. En realidad, la táctica resultaba enormemente sencilla. En primer lugar, se procedía a debilitar la capacidad de resistencia del enemigo mediante aquellos sonidos susceptibles de erizar los cabellos de la mayoría de los combatientes. Luego se le inmovilizaba con el uso masivo de arcos y proyectiles de mayor envergadura y diferente calibre. Finalmente, si todavía estaba dispuesto a combatir, se veía rebasado por la caballería que envolvía sus alas y, por regla general, provocaba su estampida o su cerco. Lo que venía a continuación era simplemente una tarea, sencilla y sistemática, de trituración, los que se daban a la fuga o estaban rodeados sólo tenían la alternativa de morir o rendirse. Lo habitual era que optaran por lo último, aunque no antes de que los jinetes mongoles les hubieran causado unas bajas tan elevadas como para convertir en imposible una segunda batalla.

El final de un ejército debía significar en buena lógica la conclusión de la guerra, pero, a decir verdad, no siempre sucedía así. En algunos lugares, los vencidos soñaban ingenuamente con la posibilidad de que los mongoles se retiraran y, en consecuencia, se encerraban tras los muros de alguna fortaleza a la espera de que pasara la tormenta. Se equivocaban y gravemente. Una tras otra, esas plazas eran sometidas a asedio y ahí era donde las máquinas de Fan desempeñaban un papel fundamental. Podía tratarse, según los casos, de una tarea más ardua, más difícil, más prolongada, pero no menos eficaz. Más tarde o más temprano, los habitantes de todos y cada uno de los lugares enviaban una temblorosa embajada solicitando términos para la paz, términos que podían resultar de una extremada dureza si habían tardado en capitular o habían causado bajas a los atacantes. La experiencia decía a Fan que después de la primera batalla –batalla que, indefectiblemente, ganaban los mongoles– la única manera sensata de afrontar la dramática situación era rendirse.

Tras su fácil desembarco en las playas, las fuerzas invasoras avanzaron durante todo el día como si fueran un pesado dragón a la espera de dar con el enemigo. Y entonces, cuando el panzudo sol había comenzado ya su curso de descenso para acabar escondiéndose tras la gris línea del horizonte, dos sudorosos exploradores del ejército del Gran Jan llegaron a galope tendido hasta el grueso de las fuerzas. Los enanos despreciables les estaban esperando a un par de millares de pasos.

DEL LIBRO DEL SAMURÁI NYOGEN

Y tomó el pincel, y sumergió su punta de cerdas de animal en la negra tinta y escribió:

La experiencia me ha enseñado que existen dos clases de hombres, el insensato y el prudente.

Es insensato el que no se ha preocupado de prever lo que puede suceder en el futuro. Por desidia, por comodidad, por ignorancia, por miedo, ha decidido descartar o no considerar posibles eventualidades y cuando éstas se presentan no sabe cómo actuar ni reaccionar.

El insensato, tarde o temprano, se acarreará el desastre y lo desencadenará por añadidura sobre los que dependen de él.

Es prudente, por el contrario, el que sopesa todas y cada una de las posibilidades y, examinadas, no las rechaza pensando que no son factibles o que resultan demasiado horribles para convertirse en realidad o que pueden exigirle tanto esfuerzo que es mejor no planteárselas. Por el contrario, se prepara para enfrentarse con ellas, cueste lo que cueste.

El prudente siempre tendrá posibilidades de salir vencedor de las peores eventualidades y, por añadidura, estará en su mano no pocas veces el poder ayudar a los que dependen de él y satisfacer a su señor.

NYOGEN

III

Nyogen se llevó la mano hasta el *hoshi kabuto* y se secó con ligeros golpecitos el sudor que le perlaba la frente. El ruido que llegaba hasta el lugar donde se encontraba comenzaba a convertirse en ensordecedor y los caballos daban crecientes señales de inquietud. A decir verdad, no era eso lo que más le inquietaba. A fin de cuentas, los animales siempre obedecían a un buen tirón de las bridas o a la presión firme de las piernas sobre sus flancos. Lo que más le preocupaba a Nyogen y, con seguridad, a la mayoría de los samuráis era el desasosiego creciente que veía reflejarse en los rostros de los toscos infantes. Aquel estruendo infernal podía helar la sangre en las venas de cualquiera que no estuviera acostumbrado al combate o que no pensara que la muerte carece de importancia. En resumen, podía sembrar el pánico entre la mayoría de los soldados de un ejército y más si, como aquél, se había constituido con enorme apresuramiento.

No era, por supuesto, ése su caso. Por añadidura, le constaba que habían escogido el mejor lugar para dar la batalla al invasor. Por los informes de que disponían, las fuerzas agresoras eran extraordinariamente cuantiosas y disponían además de contingentes de caballería en verdad excepcionales. A pesar de todo, Nyogen era consciente de que la calidad de los combatientes y la elección de terreno resultaban esenciales. Los samuráis eran –tenía la absoluta seguridad– superiores a aquellos *zannin na,* pero como además ahora se hallaban situados en lo alto de una colina y con el sol a la espalda, aquellos agresores se verían deslumbrados en su ascenso y así quedaría facilitada la tarea de repelerlos. Se inclinó levemente, palmeó el pescuezo de su montura y respiró hondo. El día era fresco pero luminoso. ¿Acaso se podían pedir mejores condiciones para combatir? Reprimió una sonrisa tras formularse mentalmente aquella pregunta retórica y volvió a alzar la mirada. Entonces los vio.

Eran tan numerosos y, sobre todo, parecían tan organizados que no pudo evitar experimentar un respingo de malestar pesado en la boca del estómago. Sí, la disposición parecía clara. Caballería ligera en los flancos con la intención de desbordarlos y caballería pesada en la vanguardia con la finalidad de quebrar sus líneas en un choque vigoroso. Habría pues que sostener las alas para evitar el cerco y combatir como fieras desesperadas en el centro. No sería tan difícil si se tenía en cuenta que aquellos bárbaros se verían obligados a subir cabalgando la loma y que llegarían con las monturas exhaustas. Que eso fuera todo... Respiró hondo y musitó una oración no para sobrevivir a la batalla sino para cumplir con su deber con honor y a satisfacción de su señor.

Terminó la breve plegaria justo en el momento en que los arqueros mongoles clavaban rodilla en tierra y apuntaban con sus armas hacia el cielo. Hubiérase dicho que pretendían desafiar a los dioses con su altivez. No fue así. Apenas pasó un instante y el aire, herido en diez mil lugares, resonó en los oídos de Nyogen como una colección insoportable de aullidos. Antes de que pudiera darse cuenta cabal de lo sucedido contempló la negra lluvia de proyectiles que caían sobre sus estupefactos hombres. Luego, apenas en un instante, llegó hasta él una sucesión sobrecogedora de gritos de dolor y gemidos.

Miró a uno y otro lado con rapidez para evaluar los daños. Tuvo que reconocer que no eran pocos. Quizá los invasores no eran muy diestros, pero de lo que no podía caber duda alguna era de que habían cubierto la colina de flechas y los resultados eran terribles.

Nyogen y los demás samuráis dieron órdenes a sus hombres para que se cubrieran, pero las dos siguientes oleadas de proyectiles les llevaron a plantearse si en lo alto de aquella colina no resultarían quizá un blanco demasiado fácil. ¿Qué tipo de arco estaban utilizando aquellos hombres de la hondonada? Porque, desde luego, no era como el que ellos utilizaban. Sujetaba un caballo cada vez más inquieto por el espeso olor de la sangre y los gritos continuos de dolor cuando contempló a un jinete que se dirigía hacia él. Se trataba de Jocho, un samurái competente, pero de rango inferior al suyo.

–Con todos los respetos, Nyogen-san –dijo tras inclinarse ceremoniosamente–. Quizá deberíamos abandonar esta posición y atacar. De permanecer aquí corremos el riesgo de que nos diezmen sin haber podido sacar el *tachi* de la vaina.

Nyogen no respondió. Sin embargo, no se le escapaba la sensatez de lo que acababa de decir Jocho. Habían esperado un ataque de la caballería mongola y, por supuesto, la utilización de arqueros, pero aquellas armas superaban cualquier previsión. Quizá si cargaran a galope tendido entre una descarga y otra...

No terminó de articular su pensamiento. De repente, el aire volvió a ser surcado por millares de proyectiles, pero esta vez no se trataba de flechas, sino de unos objetos redondos, negros y, sobre todo, desconocidos. Antes de que tuviera la posibilidad de reflexionar sobre lo que arrojaban los mongoles, comenzaron a producirse las explosiones sobre la colina.

A pesar de su veteranía en combate, el caballo de Nyogen se encabritó asustado por aquel estruendo tan desconocido y, a la vez, tan aterrador. Necesitó unos instantes, si no para calmarlo, sí, al menos, para dominarlo, y cuando logró situar nuevamente al bruto en su posición pudo contemplar el efecto de aquellos artefactos extraños que los mongoles habían lanzado sobre sus hombres. Los miembros despedazados y esparcidos por el campo de batalla, los rostros congestionados por el dolor y el miedo, la sangre manando de algunos cuerpos como si se tratara de un macabro manantial... todo ello se juntaba con huecos excavados en la tierra. ¿Con qué les habían atacado? ¿Qué clase de proyectil era aquél?

Obligó a su caballo a caracolear para conseguir una visión más completa del lugar y entonces vio el cuerpo de Jocho. Lo habían derribado de su montura y yacía sobre la hierba con los ojos abiertos y vidriosos. Sobre su pecho se podía observar un boquete de suficiente tamaño como para introducir por él un puño. Lo más seguro es que hubiera muerto al instante.

Buscó con la mirada a los otros samuráis. Debía de haber dos o tres bajas más. Sí, lo de las flechas era inquietante pero aquello... urgía actuar. Urgía ciertamente, pero no pudo hacerlo porque una nueva oleada de aquellos objetos comenzó a descender sobre las inconexas filas de los guerreros de Nihon.

Nuevamente, Nyogen volvió a salir incólume, pero esta vez pudo observar con claridad de lo que se trataba. Nada más tocar el suelo o entrar en contacto con hombre o bestia, aquella especie de puchero explotaba reventando todo lo que encontraba cerca. Se trataba de un arma nueva que el samurái desconocía y que, desde luego, podía aniquilarlos allí mismo sin darles ocasión siquiera de empezar a combatir. Bien, eso era lo último que estaba dispuesto a tolerar. Gritó al infante que estaba temblando de pavor a pocos pasos de él para que izara la banderola de ataque y volvió a gritarle cuando comprobó que el pavor lo paralizaba de tal forma que era incapaz de obedecer la orden. Luego, mientras lanzaba una mirada de reprobación al atemorizado hombre, sujetó el *yari* con resolución y picó los flancos de su caballo.

Descendió la colina a galope tendido, con la convicción de que sus compañeros de armas le seguirían. Por supuesto, no se equivocaba. No sólo el desdichado Jocho se había percatado de que podían acabar con ellos en la cima de aquella colina que, tan ingenuamente, habían considerado un bastión inexpugnable. En realidad, todos los samuráis habían llegado a la misma conclusión impulsados por la incontenible matanza que contemplaban en torno de sí.

Sin embargo, los que pensaron que la carga iba a intimidar a los mongoles no tardaron en descubrir lo erróneo de su apreciación. Mientras se deslizaban por la suave falda de la colina, aún fueron objeto de un nuevo envío de aquellos proyectiles de carácter desconocido que despanzurraron por igual a hombres y bestias. De hecho, si se hubieran detenido a contar las bajas sufridas en aquel descenso no habrían podido evitar la sensación de hallarse al borde de un inevitable desastre.

Pero nadie pensaba en llevar a cabo esa tarea en aquellos momentos. Nyogen, que no había dejado de azuzar a su corcel, captó a la perfección los gestos seguros de un arquero mongol que le apuntaba. Ni por un instante vaciló. Con un movimiento rápido del brazo izquierdo, apartó la flecha lanzada contra él y luego tan sólo necesitó un instante para atravesar al arquero con su *yari*. Sin embargo, el golpe no fue afortunado. En lugar de caer hacia atrás empujado por el impacto, el mongol, de manera inexplicable, se desplomó hacia un lado aferrando el *yari*. De esta manera Nyogen se vio obligado a soltarlo para no resultar arrastrado al suelo. A pesar de todo, no estaba en absoluto dispuesto a permitir que se interpusiera ningún contratiempo en el cumplimiento de su deber. Con gesto rápido y eficaz, fruto de la repetición realizada decenas de miles de veces, Nyogen echó mano de su *tachi* y comenzó a descargarlo sobre todos los desdichados que se cruzaban en su camino. No hubiera podido decir las veces que golpeó a uno y otro lado, pero no le cabía duda –y no se equivocaba– de que ni una sola de las veces que la hoja de su *tachi* había cortado el aire había sido en vano.

Por un instante tan sólo, Nyogen se detuvo a mirar en torno suyo. Respiró hondo poseído por una orgullosa satisfacción. No sólo él sino también sus camaradas de armas habían penetrado en profundidad en las líneas enemigas. Hasta donde alcanzaban sus ojos, los mongoles retrocedían espantados por la fuerza de su empuje. Bien, ahora lo importante era no perder el contacto con el enemigo. Mientras se mantuvieran pegados a él no podrían volver a convertirlos en blanco de sus flechas ni de aquellas terribles ollas que estallaban sembrando la muerte en torno de sí.

Alzó su *tachi* ensangrentado y lanzó un grito para animar a sus hombres y entonces tuvo lugar lo que nunca hubiera podido pensar, o, al menos, no con tanta rapidez. Las líneas de los mongoles, unos mongoles que parecían extraordinariamente aterrorizados, se replegaron bajo los golpes despiadados de los guerreros de Nihon.

–¡Seguid! ¡Seguid golpeándolos! ¡Acabad con ellos! –escuchó que gritaba a unos pasos Yoshichika, un samurái veterano.

Difícilmente hubieran podido sus hombres obedecer la orden con más entrega. Como si se hubieran transformado en una fiera enfurecida, utilizaron *tachis* y *yaris* para seguir empujando a los mongoles que, no obstante, combatían sin desbaratar sus líneas. Y entonces, igual que el cuenco de té que cae al suelo y, al convertirse en añicos, esparce todo el líquido, las filas de los invasores se quebraron y los hombres que las componían echaron a correr.

DEL LIBRO DEL SAMURÁI NYOGEN

Y tomó el pincel, y sumergió su punta de cerdas de animal en la negra tinta y escribió:

He sabido de gentes que se pierden en los detalles. Tan atentos se encuentran a la cerca del vecino que no se percatan de la manera en que las alimañas devoran su sembrado; tan ocupados están en la manera en que se inclinan sobre las matas sus criados que no reparan en que el agua que riega su arroz está envenenada; tan absortos se hallan en perfumarse la boca que no descubren que su esposa les engaña con su mejor amigo.

Son semejantes a aquel que, distraído por las formas concretas de un árbol, se pierde en el bosque.

Son semejantes a la esposa que, disgustada por pequeñeces, pasa por alto que su esposo la ama, la mantiene y le proporciona todo lo necesario para vivir.

Sin embargo, por muy habitual que sean esos comportamientos, resulta imprescindible saber escapar de la trampa que tienden los detalles para impedir que se vea la totalidad. Sólo cuando somos capaces de superar los inconvenientes que son pequeños –pero que hemos permitido que se conviertan en grandes e incluso en infranqueables– podemos comprender a los demás, podemos proporcionar serenidad a los que se hallan cerca de nosotros y podemos aspirar a salir airosos en el cumplimiento de nuestro deber.

FAN

IV

El hombre de Zhon guo no pudo evitar sonreír al ver a los guerreros de Je-pen-kuo persiguiendo a los mongoles que se retiraban. Decididamente, no podía decirse que no fueran valientes, pero tampoco cabía duda de que se trataba de gente poco reflexiva. Primero, habían recibido los golpes asestados por los arqueros y los encargados de lanzar los proyectiles explosivos; luego, sin pensar en ello se habían lanzado desde la colina abandonando una posición ventajosa para intentar romper las líneas enemigas y, finalmente, habían caído en la trampa en la que, desde hacía décadas, venían pereciendo los adversarios de los sucesivos janes. También ellos habían pensado, seguramente rezumando orgullo, que habían derrotado al mejor ejército del mundo y se habían tragado la carnada de la retirada empavorecida.

Nada más lejos de la realidad. Los mongoles no huían. Tan sólo estaban arrastrando a los hombres de Je-pen-kuo en pos de sí, atrayéndolos para que se metieran en una cavidad de hierro y muerte, de la que, cuando comprendieran todo, si es que llegaban a hacerlo, ya no podrían salir.

No se equivocaba, ciertamente, Fan en su juicio. Las fuerzas de Je-pen-kuo perseguían ahora, casi a la carrera, a unos veteranos mongoles que fingían ser víctimas de un pánico cerval. Algunos representaban tan consumadamente su papel que, en el curso de su falsa fuga, se volvían hacia sus perseguidores tan sólo para mostrarles un rostro presuntamente transido de pavor.

La farsa se prolongó durante unos centenares de pasos, una distancia a lo largo de la cual los guerreros de Je-pen-kuo a duras penas lograron herir a alguno de sus adversarios, pero renunciaron, sin sospecharlo siquiera, a la menor posibilidad de defensa. Y entonces, repentinamente, todo cambió.

Primero, fue un sonido estruendoso de tambores que anunciaba a los mongoles que había llegado el momento de pasar al siguiente acto del drama que se estaba desarrollando. De manera brusca y, sobre todo, inesperada, aquellos que huían, supuestamente aterrados, viraron en redondo y presentaron un frente compacto a sus perseguidores. Titubearon éstos un instante sin comprender lo que estaba sucediendo y cómo y por qué los amedrentados enemigos, cuyos rostros estaban descompuestos por el terror, ahora se presentaban como fieros adversarios. Sin embargo, el desconcierto no ocupó por mucho tiempo el corazón de los guerreros de Je-pen-kuo porque, casi de manera inmediata, escucharon a izquierda y derecha unos gritos ensordecedores, los que procedían de las gargantas de centenares de jinetes que los rebasaban por los flancos y que, a la vez que lanzaban escalofriantes alaridos, disparaban con enorme destreza e incomparable rapidez sus arcos largos. Si hasta entonces las bajas experimentadas por los guerreros de Je-pen-kuo no habían sido escasas, a partir de ese momento comenzaron a ascender a cada instante pagando un tributo extremadamente oneroso a la astucia de los mongoles.

Fan observó aquella escena y no pudo reprimir la sensación de horror y, a la vez, fascinación con que la había contemplado en tantas ocasiones con anterioridad. No se le hubiera pasado por la cabeza la mera posibilidad de negar la bravura de los enemigos. A decir verdad, incluso hubiera concedido gustoso que eran más valientes que otros adversarios, pero no podía discutirse que se hallaban condenados a la derrota y a la muerte. Como una distraída manada de ciervos sobre la que hubiera caído de improviso un grupo de fieras avezadas, los guerreros de Je-pen-kuo se movían de un lado para otro sólo para ir cayendo acribillados por las sucesivas nubes de proyectiles que sobre ellos descargaban los arqueros del Gran Jan. Quizá otro ejército hubiera intentado una resistencia más sólida, más coordinada y, si no más eficaz, más prolongada. Sin embargo, aquellos hombres no parecían dotados para el combate como ejército. A decir verdad, la sensación que se iba apoderando de Fan era la de que constituían una suma desordenada de soldados entre los que descollaban algunos sujetos valientes. Uno por uno, con certeza, constituirían enemigos terribles, pero, en bloque, no pasaban de ser una turba descoordinada y fácil de vencer.

Por supuesto, a él esas circunstancias le afectaban poco. A fin de cuentas, era el encargado de lograr que se desplomaran los muros de cualquier población que decidiera empecinarse en una resistencia inútil, pero el enfrentarse con aquella masa informe se salía de sus competencias.

Observó todavía por unos instantes cómo los arqueros del Gran Jan se cebaban con los guerreros de Je-pen-kuo y decidió que lo más oportuno sería regresar cuanto antes a la retaguardia del ejército. Si todo marchaba como cabía esperar, en poco tiempo no quedaría nadie con las armas en la mano para impedir el avance de las tropas y entonces llegaría la siguiente parte del plan, aquella precisamente en que su acción resultaba esencial. Con la debida ceremonia, informó a los otros oficiales de su marcha y obligó a su caballo a dar la vuelta y dirigirse al lugar donde estaban acantonadas las máquinas.

No lamentó Fan verse privado del espectáculo terrible que significaba la conclusión definitiva de la batalla. Lo había visto ya otras veces y además no despertaba en él sentimientos gratos. A diferencia de otros hombres que se sienten como si les hirviera la sangre al contemplar al enemigo rendido a sus pies, Fan no podía reprimir una sensación profundamente desagradable ante aquellas montañas de cadáveres y restos de material. Servía con fidelidad al Gran Jan, procuraba mejorar su eficacia con el paso del tiempo e incluso experimentaba un cierto placer cuando descubría un nuevo mecanismo o recurso que perfeccionara su labor. Sin embargo, en todo ello había más de amor al trabajo bien hecho que de gusto por la victoria. En realidad, y lo había confesado en público alguna vez, deseaba de todo corazón que concluyeran las guerras que tenía que librar el Gran Jan así como la tarea posterior de civilizar a los vencidos. Cuando llegara ese momento se retiraría a sus modestísimas posesiones a la orilla de un río donde todavía se practicaba la pesca con cormoranes. Entonces –y *Shang-di* quisiera que no faltara mucho– buscaría una esposa que fuera, fundamentalmente, buena y hacendosa, tendría hijos y dedicaría su tiempo a ver crecer las cosechas, al estudio y a enseñar a las nuevas generaciones.

Una sonrisa le afloró al rostro mientras su mente vagaba por ese territorio inseguro y, sobre todo, inexistente que es el futuro. De repente, notó una gota que le caía sobre la diestra. Sorprendido, Fan elevó los ojos al cielo. Tuvo entonces la sensación de que la hora del crepúsculo se iba a adelantar y sintió que el sol era expulsado del firmamento por un ejército de nubes algodonosas y grises que acababan de aparecer de manera tan inesperada como los arqueros mongoles después de una falsa retirada.

Una nueva gota, perdida pero mayor, le cayó ahora en el rostro. Picó los ijares del caballo con decisión. Tenía que encontrarse a cubierto y, sobre todo, al lado de sus máquinas antes de que descargara lo que podía ser un violento aguacero.

DEL LIBRO DEL SAMURÁI NYOGEN

Y tomó el pincel, y sumergió su punta de cerdas de animal en la negra tinta y escribió:

He visto vez tras vez que en no pocas ocasiones conocemos sobradamente cuál es el Do *correcto que debemos seguir en nuestra vida. Nos ha sido transmitido, lo hemos estudiado, hemos dedicado a su dominio días y noches; incluso nos atreveríamos a ejercitar en él a otros. Sin embargo, de repente, surge una ocasión en que, de manera especial, deberíamos aplicarlo y fracasamos en el intento.*

Si así sucede, si no estamos a la altura de las circunstancias, si erramos, si fallamos es porque nos apartamos del Do *conocido. Nuestra ligereza, nuestra inconstancia, nuestra falta de perseverancia, nuestra carencia de reflexión no son corregidas por lo que sabemos, sino que prevalecen sobre ese conocimiento.*

El resultado final de esa conducta sólo puede ser deplorable. De repente, nos comportamos como novatos, como ignorantes, como necios y fracasamos rotundamente y, al hacerlo, nos convertimos en el origen de sinsabores y disgustos.

Sin embargo, nuestro comportamiento debería ser otro. Tendríamos que decirnos a cada instante: no me apartaré del Do *porque es la vía segura y sólo transitándolo podré comportarme no sólo como de mí se espera sino, sobre todo, como es mi deber.*

NYOGEN

V

Una palidez mortal se extendió como una mancha de aceite sobre el rostro de Nyogen nada más distinguir al primero de los jinetes. Con la celeridad propia del que domina una disciplina, el samurái comprendió que habían sido objeto de una rápida y astuta celada. Al avanzar en persecución de los mongoles, tan sólo se habían colocado, indefensos e imprudentes, entre los colmillos del tigre. Ahora éstos se iban a cerrar con inesperada rapidez y tan sólo cabía esperar que los despedazara.

–¡Replegaos! ¡Replegaos! –acertó a decir sacudiéndose el estupor que había descendido sobre él, pero, para cuando los que estaban bajo su responsabilidad comprendieron la insólita orden, la caballería mongola ya estaba descargando una nutrida lluvia de flechas a sus espaldas.

Nyogen se revolvió sobre la silla intentando ampliar su ángulo de visión, pero hacia cualquier lugar adonde dirigiera la vista tan sólo podía contemplar nuevas oleadas de invasores que se desplazaban lanzando proyectiles a lomos de unos caballos pequeños y musculosos. Fue entonces cuando sintió cómo la punta de una flecha se estrellaba contra el *wataga-mi.* Chocó, arrancó un chispazo y rebotó. Sí, pensó Nyogen, aquella pieza de la armadura acababa de salvarle la vida.

No tan afortunados eran los que rodeaban al samurái. Peor armados y en no pocos casos desprovistos del socorro y la movilidad que proporciona un caballo, los guerreros de Nihon estaban siendo diezmados por los mongoles. Y lo peor no eran sólo las bajas sino que, empeñados en combatir a sus atacantes, habían quedado clavados al terreno sin intentar siquiera la indispensable retirada.

–¡Atrás! ¡Replegaos! –volvió a gritar Nyogen a la vez que agitaba su *tachi.*

Esta vez sí lo escucharon e intentaron obedecer, pero no era fácil. El cerco se estrechaba y cada vez que pasaban a galope tendido los arqueros se cobraban nuevas víctimas. Precisamente cuando lanzaba gritos cada vez más enronquecidos, Nyogen sintió que algo húmedo le caía en la mano. Miró con el temor de que le hubieran alcanzado y, sin haber percibido la herida, estuviera comenzando a desangrarse. Pero no vio vestigio alguno de color rojo, aunque una gota traslúcida y grande había comenzado a deslizarse del dorso hacia los dedos.

Y en ese mismo instante sus ojos duros y negros se posaron en un espeso ejército de nubes grises que se habían ido colocando por encima de ellos. ¿Lluvia? *Hai, hai, hai!* Estaba comenzando a llover y si... si resistían tan sólo unos instantes...

–¡No os desperdiguéis! –se sorprendió a sí mismo gritando y tuvo la sensación de que era otro el que daba las órdenes–. ¡Replegaos pero sin dejar de luchar!

Apenas acababa de dictar las instrucciones cuando las gotas comenzaron a hacerse más grandes y también más rápidas y numerosas. *Hai,* a ese paso en unos instantes los mongoles no podrían verlos y si eso sucedía...

–¡Aguantad! –gritó ahora con renovados bríos–. ¡Aguantad pero no os detengáis! ¡Id hacia la colina!

Lograron retroceder algunas decenas de pasos y entonces la lluvia se transformó en tormenta como paso previo a convertirse en una verdadera tromba de agua. Nyogen se retiró el agua que le caía desde la frente sobre los ojos e intentó distinguir la distancia que le quedaba por cubrir y también el estado de sus hombres. Era, desde luego, deplorable. Se les veía cansados, empapados, embarrados... Bueno, nada de eso resultaba inevitable. A los mongoles les iba a resultar muy difícil acertar al blanco en medio de aquellas condiciones y si lograban alcanzar la colina... si lograban alcanzarla...

–Nyogen-san –escuchó la voz de un samurái que había llegado hasta su altura a lomos de un caballo del que se desprendía una verdadera humareda de vapor–. Hay un contingente de jinetes enemigos cortándonos el paso...

Nyogen echó un vistazo al samurái. Parecía muy joven. Quizá no más de veinte años. Era difícil saber a cuántos enemigos había abatido, pero, a juzgar por el estado de su armadura, debía de haberse encontrado a punto de que lo mataran no menos de media docena de veces.

–*Dozo*... –dijo el muchacho en un tono que a Nyogen se le antojó excesivamente suplicante.

–Reúne a los samuráis que aún tengan caballo –respondió Nyogen–. Intentaremos abrir una brecha en las líneas enemigas por donde pueda escapar nuestra gente. Nosotros, claro está, nos quedaremos cubriéndoles la retirada.

–*Hai,* Nyogen-san –respondió el muchacho con una inclinación de cabeza que a su interlocutor le pareció exageradamente afectada.

Nyogen intentó distinguir algo en medio de las murallas líquidas que la impetuosa lluvia estaba levantando. El sol estaba retirándose y a la opacidad del agua se sumaba ahora la pérdida de claridad. Bien, bien, quizá no todo estaba perdido...

–Ya están preparados, Nyogen-san –dijo el joven samurái que acababa de emerger de entre la húmeda oscuridad como si surgiera de la nada.

Nyogen hizo un leve movimiento de cabeza que significaba, a la vez, que se daba por enterado y que debían actuar sin dilación.

Sólo cuando comenzó a cabalgar fue consciente Nyogen de hasta qué punto se encontraba empapado, de hasta qué punto le pesaba la armadura y de hasta qué punto era difícil moverse por aquel campo de batalla que ahora estaba convertido en un pastoso y casi intransitable barrizal.

Los avistó a escasa distancia. Los mongoles también se habían percatado –¿acaso cabía otra cosa en guerreros tan astutos?– de la posibilidad de que huyeran y estaban formando una barrera para detenerlos. No tuvo duda Nyogen de que podrían conseguirlo con no pocos ya que a cada segundo que pasaba aquel grupo se parecía más a una muralla infranqueable. Resultaba imperativo, por lo tanto, cargar ya sobre ellos.

Dio la orden y, con su *tachi* en alto para que todos pudieran verlo incluso en medio de aquel espeso velo de agua, se lanzó contra los arqueros. Sintió el roce de una flecha sobre el *tachi* y también percibió cómo una segunda se estrellaba infructuosamente contra el *hoshi kabuto*. Sin embargo, ni siquiera pestañeó. En momentos como ése no le estaba permitido parpadear, dudar, detenerse.

Alcanzó la línea de los mongoles cuando se afanaban por cebar de nuevo sus máquinas de muerte. Con facilidad, haciendo realizar a su montura maniobras mil veces ensayadas y ejecutadas, Nyogen derribó a uno, a dos, a tres, a cuatro de sus oponentes y, por un instante al menos, quedó abierta una oquedad en aquel muro de destrucción. Fue más que suficiente. Igual que los soldados que asaltan una ciudad, los guerreros de Nihon se precipitaron por la brecha ampliándola a costa de sangre y dolor. Si alguien les hubiera podido preguntar en esos momentos si contaban con salvar la vida, muy pocos, quizá ninguno, hubieran cometido la osadía de responder afirmativamente. Sin embargo, en no escasos corazones, especialmente los de los samuráis, alentaba la esperanza de que algún día, cuando se contara la batalla de Hakata, se recordara cómo habían combatido en cumplimiento de su deber y por encima de cualquier dificultad.

Nyogen intentó descubrir a las tropas enemigas, pero el agua a la que ahora se había sumado una prematura oscuridad apenas le permitió contemplar lo que sucedía a unos pocos pasos del lugar donde se encontraba. *Hai,* habían roto las filas mongolas, las habían cruzado y, hasta donde podía ver, el enemigo no había iniciado aún la persecución.

Intentó poner orden entre los jinetes para formar un grupo que detuviera, por el mayor tiempo posible, a los mongoles que pudieran reaccionar. Espoleó al caballo, corrió unos pasos acá y otros allá hasta que el mismo oficial joven que se le había acercado tan sólo unos momentos antes le dijo:

–Nyogen-san, el ejército está a salvo y se repliega aprovechando la oscuridad. Esperamos tus órdenes.

Nyogen respiró hondo mientras intentaba aguzar la vista para ver lo que dejaban a las espaldas. No lo consiguió. Era obvio que no podrían enfrentarse a un enemigo que les atacara. También se dijo que era harto improbable que sucediera. Los cielos se habían abierto derramando a chorros negrura y agua, pero nadie hubiera podido negar que, al menos esta vez, los *kami* les habían sido propicios.

–Que mantengan la formación. Nos replegamos defendiendo la retaguardia de nuestras tropas.

A continuación, Nyogen tiró de las riendas y obligó a su montura a emprender el camino de retirada, una retirada que no era vergonzosa sino que estaba cargada de gloria.

DEL LIBRO DEL SAMURÁI NYOGEN

Y tomó el pincel, y sumergió su punta de cerdas de animal en la negra tinta y escribió:

He observado en multitud de ocasiones que cuando se comete un error no hay que dudar. La única salida es corregirlo. Si esa enmienda es rápida y eficaz, incluso puede darse por seguro que las consecuencias del error serán reparadas y que éste podrá ser olvidado de manera inmediata y sin secuelas.

Sin embargo, cuando se produce insistencia en el yerro, cuando no se acepta la corrección, cuando no se escucha la censura, cuando no se intenta paliar los efectos malos procedentes de esa acción, lo único que se logra es extender el dolor y provocar un mayor desorden.

Naturalmente, se me dirá que es posible que en alguna ocasión, la persona que se considera, con razón o sin ella, ofendida nos insulte y no acepte ninguna reparación. En un caso así, la única salida es enfrentarse con semejante sujeto y decirle: ¿Acaso no te he pedido disculpas? ¿Por qué persistes en insultarme y cargarme de censuras? Si ni aun así entiende ni acepta las excusas presentadas, el problema ya es suyo y no nuestro. Nosotros presentamos disculpas e hicimos lo que consideramos posible para reparar el daño. Nadie nos puede exigir más.

FAN

VI

Estás seguro? –gritó enfurecido el mongol que estaba al mando.

El coreano, que tenía una cabeza extrañamente ancha y de frente abultada, asintió con la cabeza.

–No tengo la menor duda. Si no ordenas lo que te he dicho, sólo puedes esperar el desastre.

Fan observó al mongol. En su rostro de pómulos altos y gesto fiero, se entrecruzaban la consternación y la cólera. Al comenzar la jornada, todo parecía indicar que se repetiría el éxito militar que habían obtenido en las anteriores islas. Cuando chocaron en Hakata con los guerreros de Je-pen-kuo, esa sensación se había acentuado. A pesar de que algunos, tomados de manera aislada, podían parecer valientes, lo cierto es que habían puesto de manifiesto una deplorable incapacidad para combatir contra las tropas del Gran Jan. Primero, no habían sido capaces de defenderse de los proyectiles; luego, habían abandonado sus posiciones ventajosas asumiendo un riesgo intolerable y, al fin y a la postre, habían caído en la trampa de la falsa retirada. Los tenían en la palma de la mano y justo cuando estaban a punto de aplastarlos había comenzado a llover y el sol se había ocultado permitiéndoles escapar de una derrota decisiva.

Con las manos a la espalda, el mongol se acercó a la entrada de su tienda y echó un vistazo. La oscuridad era total y absoluta. Tan sólo algún que otro relámpago iluminaba ocasionalmente el campamento dejando de manifiesto cómo todo un ejército formado por millares de mongoles, *zhong guo ren* y jurchenes se estaba calando hasta los huesos sin poder hacer nada por impedirlo.

Sin apartar la mirada de aquella inmensa muchedumbre sometida a las inesperadas inclemencias del tiempo, el jefe mongol reflexionó de nuevo en lo que acababa de escuchar al superior de los marineros coreanos. En contra de lo que cabía esperar en aquella estación del año, la lluvia no iba a ser un mero fenómeno pasajero. No, no era sensato creer que escamparía en las próximas horas. Quizá incluso en días. Pero lo peor no era que la persecución de los guerreros de Je-pen-kuo resultaría imposible ni tampoco que no habría modo de reanudar las operaciones militares. No, lo peor era que se avecinaba una tormenta terrible que empujaría contra las costas de la isla las embarcaciones del Gran Jan destrozándolas por completo. En otras palabras, si aquella misma noche el ejército no reembarcaba y se adentraba en alta mar, lo más seguro es que acabara copado en tierra extranjera, sin reservas y sin posibilidad no sólo de continuar saltando de isla en isla sino incluso de regresar a casa.

Al escuchar aquellas palabras, el jefe mongol hubiera matado de buena gana al coreano. Sabía, por supuesto, que sus paisanos nunca habían querido participar en aquella expedición, que gustaban de comerciar con los hombres de Jepen-kuo y que hasta simpatizaban ocultamente con ellos. Incluso le había parecido detectar un cierto deje de satisfacción en el marinero cuando le informaba de lo que sucedía. Si, al fin y a la postre, decidió pasar todo por alto se debió al hecho de que no podía prescindir de un hombre avezado en el arte de navegar como era aquél. Quizá ajustarían cuentas cuando estuvieran de regreso en tierra firme, pero, de momento, no podía permitirse ceder a sus impulsos. No cuando de él dependían millares de vidas. Cerró los ojos, respiró hondo y se dio la vuelta.

–¿Estás seguro de que no hay otra salida salvo la de volver a embarcar? –preguntó con un tono de voz que no permitía presagiar nada bueno.

–He navegado durante casi treinta años –respondió el coreano con un timbre de voz acentuadamente humilde–. He pasado docenas de tormentas. Si las naves permanecen atracadas en esta isla, el viento y las olas las destrozarán; si embarcamos y nos adentramos en la mar, tenemos algunas posibilidades de salvarnos.

Fan observó cómo el mongol se llevaba la diestra hasta el mentón y se acariciaba una barba rala y ya canosa. Era obvio que no estaba convencido de las palabras del marinero coreano.

–¡Que venga el shamán! –dijo al fin.

Fan no pudo evitar sentir cómo se le posaba un peso en el pecho al escuchar aquella orden. Desde niño, se le había enseñado a aborrecer todo lo relacionado con la adivinación, pero, juicios morales aparte, le espantaba la idea de que decisiones de especial importancia acabaran determinadas por lo que decidía una galería de sujetos estrambóticos.

No tardó en llegar el shamán. Llevaba un gorro de piel vuelta en la cabeza y vestía ese tipo de túnica que los mongoles habían traído de sus estepas y que se habían negado sistemáticamente a abandonar. En buena medida, aquellas prendas los caracterizaban. Eran burdas pero efectivas.

El extraño personaje estaba calado hasta los huesos, pero, en lugar de fastidio, sus ojos dejaban traslucir una viva luz, seguramente fruto del orgullo. Sin duda, debía sentirse muy honrado ante la perspectiva de que le hubieran llamado a esas horas para comparecer en la tienda del jefe de la expedición. Dadas las condiciones, las razones de la convocatoria sólo podían ser de la mayor importancia.

Cuando el caudillo mongol le dijo que esperaban sus servicios, el shamán tomó asiento en el suelo con agilidad y extendió ante sí un atillo confeccionado con la piel de un animal indefinido. Fan apenas pudo reprimir un gesto de desagrado al ver lo que se escondía en su interior. Se trataba de una colección de huesos de tamaños y longitudes diversas que, casi con total seguridad, habían pertenecido a hombres y mujeres antes de convertirse en útiles para la adivinación. La verdad es que nunca llegaría a acostumbrarse a la manera en que los shamanes disponían de artilugios como ésos. Los que procedían de Tíbet, por ejemplo, confeccionaban flautas y otros instrumentos de viento con huesos humanos y no parecían sentir el menor reparo al aplicar la boca a un trozo de brazo o al cerrar los labios sobre los restos de una pierna. En fin, sería mejor que no pensara en ello si no deseaba que se le terminara de revolver el estómago.

–Shamán –escuchó la voz del mongol, ahora dotada de una carga especial de dureza–, ¿pasará pronto la tormenta o durará todavía algunas jornadas?

Sin levantar la vista del suelo, el shamán tomó un pequeño tamboril que sacó de una bolsa y comenzó a golpearlo con lo que a Fan le pareció un trozo de extremidad humana. Se extendió en esa tarea unos instantes y, acto seguido, rasgó el aire con una salmodia extraña previa a coger los huesos desparramados que había en el suelo, agitarlos en un cuenco formado por las manos y arrojarlos con un golpe seco.

–Durará varios días –respondió el shamán alzando ahora los ojos al jefe mongol.

Sí, se dijo Fan, de eso poca duda podía haber.

–¿Debemos embarcar esta noche o sería preferible permanecer en tierra? –preguntó ahora el mongol encargado del mando de las tropas del Gran Jan.

El shamán repitió el ritual ejecutado tan sólo unos momentos antes. Golpeó el tamborcito con un ritmo sostenido y desagradable, entonó un canto agudo y lanzó contra el suelo los huesos.

–Los espíritus dicen que hay que embarcar de inmediato –respondió.

Un silencio tan espeso como el contenido de un tazón de yogur se esparció por la *yurta.*

–¿Estás completamente seguro? –indagó el militar.

Los ojillos del shamán se fruncieron en un gesto que lo mismo podía ser de odio, de sorpresa o de fastidio.

–Los espíritus siempre se me revelan con claridad. No hay duda alguna –respondió con un tono de voz no precisamente humilde. Sin duda, pensó Fan, debía de tratarse de un shamán de mucho prestigio para permitirse una contestación semejante. No obstante, por un momento no pareció nada claro que hubiera resultado tan convincente como deseaba. Luego, de repente, se oyó un suspiro hondo y la voz del jefe mongol que decía:

–Está bien. Que se dé la orden de partir hacia la costa. A la mayor brevedad.

DEL LIBRO DEL SAMURÁI NYOGEN

Y tomó el pincel, y sumergió su punta de cerdas de animal en la negra tinta y escribió:

Hay cuatro cosas que un guerrero nunca debe permitirse.

La primera es dejarse engañar por las predicciones, los adivinos y las supersticiones.

La segunda es permitir que la religión lo agobie. La religión es esencial, pero si uno desea predicarla lo mejor es dedicarse a una actividad diferente al combate y convertirse, por ejemplo, en monje.

La tercera es consentir que los asuntos familiares interfieran en sus deberes como guerrero.

La cuarta es olvidar la tradición cuando tenga que hacer planes.

El olvido de cualquiera de estos cuatro principios puede llevar a sufrir serios reveses. El olvido de más de uno de estos principios conducirá al desastre seguro. Y como siempre sucede, los desastres de ese uno repercutirán en las vidas de muchos.

FAN

VII

Sintió cómo los ojos se le llenaban de cielo, de un cielo negro y abarrotado de nubarrones. Pero se trató sólo de un instante porque, de manera inmediata, tuvo la sensación de que su alma descendía al círculo más inferior de los infiernos y que iba a ser engullido por las olas erguidas que formaban una impenetrable muralla a ambos lados del barco.

No era la primera vez por supuesto que navegaba ni tampoco se trataba de una experiencia desconocida el hacer frente a un temporal. Sin embargo, Fan jamás había atravesado por una tempestad como aquélla. Sin apenas paréntesis de tiempo, sin posibilidad de inspirar y expulsar el aire, con una sensación insoportable de que el corazón y las entrañas y hasta el alma podían salírsele por la boca, Fan estaba sufriendo un cabeceo en el que tenía la sensación de que el barco ascendía tanto que podía darse la vuelta sobre la popa y, al momento, la proa se hundía con tanta brusquedad que nadie se hubiera atrevido a asegurar que no sería engullida por aquellas olas que no dejaban de barrer la cubierta.

En medio de los aullidos, los gritos que llamaban a la madre, las blasfemias y las oraciones, Fan apenas lograba distinguir las órdenes. Sin embargo, no podía desprenderse de la sensación de que la práctica totalidad del precioso material de guerra se había perdido y de que rozaría el milagro el hecho de que no sucediera lo mismo con la totalidad del ejército.

Desde luego, una parte no despreciable de los barcos no había podido salir de puerto antes de que la tempestad descargara con toda su virulencia. No era un experto en el arte de navegar, pero mucho se temía no equivocarse al sospechar que esas embarcaciones debían de haberse estrellado contra las costas y que, con el estado del mar, pocos habrían logrado llegar a tierra firme y salvarse. ¡Salvarse! Quizá de las aguas porque a saber de lo que eran capaces los guerreros de Je-pen-kuo.

Por lo que se refería a los que, como él, ya se encontraban casi en mar abierto, no podía decirse que su suerte fuera mucho mejor. Desde luego, las máquinas de guerra debían de estar a esas alturas reposando en algún lugar en el fondo del océano y con ellas no pocos de los tripulantes. A decir verdad, tenía la sensación de que los coreanos, mongoles y *zhon guo ren* que compartían pasaje con él habían renunciado a defenderse de los embates del mar y tan sólo esperaban que todo terminara cuanto antes. Hasta donde alcanzaba con la vista, observaba que gemían abrazados a los escasos restos de la arboladura que no se había llevado la tormenta o se habían atado a la nave para evitar ser arrastrados por las olas, pero ya no luchaban contra lo que parecía un destino sellado.

Se limpió los ojos con gesto rápido a la vez que se decía que quizá al cabo de unos instantes, quizá con el próximo cabeceo, habría abandonado este mundo. Deseó entonces que no fuera doloroso, que algún material sólido le golpeara la cabeza para dejarlo inconsciente y no sufrir el padecimiento de tener que librar un combate ya decidido contra las olas. Pero a la vez que se resignaba a morir, no pudo evitar una punzada de dolor por lo que había sido su existencia.

En términos generales, podía decirse que había cumplido con su deber de manera quizá incluso sobresaliente. También había respetado a sus padres, que incluso en los últimos tiempos habían asistido con orgullo a sus sucesivos ascensos al servicio del Gran Jan. Sin embargo, tomada en su conjunto, qué pobre y estéril le parecía ahora. No había hecho nada, o prácticamente nada, por difundir la sabiduría y la bondad, y ni siquiera iba a contar con hijos que pudieran continuar su estirpe. Bien mirado, iba a morir como un perro en aquella tormenta sin dejar nada tras de sí. Y así, sin poder evitarlo, Fan rompió a llorar.

Fue el suyo un llanto callado, caliente y totalmente preñado de tristeza, del que no le arrancó ni siquiera un nuevo cabeceo especialmente brusco del barco, ya apenas reducido a un conjunto de tablones a punto de desperdigarse en el seno despiadado de las ondas espumosas.

Si tan sólo tuviera una nueva oportunidad, si tan sólo le fuera dado conservar la vida por unos años, si tan sólo fuera ésa la voluntad de *Shang-di*...

No llegó a concluir el razonamiento. Primero, la proa del barco pareció ascender desafiante hasta el cielo; luego volvió a hundirse a una velocidad vertiginosa; finalmente, sobrevino la oscuridad más negra que a Fan le hubiera sido dado vivir jamás.

DEL LIBRO DEL SAMURÁI NYOGEN

Y tomó el pincel, y sumergió su punta de cerdas de animal en la negra tinta y escribió:

Aunque la gente se agita, se angustia, se mata incluso por poseer, la realidad es que un samurái necesita bien poco.

De hecho,

le basta con un espacio reducido para que puedan descansar sus rodillas y no necesita un palacio

le basta con un cuenco de comida que llene su estómago y no necesita una sucesión ininterrumpida de platos

le basta con un tazón de agua para calmar la sed y no necesita licores exquisitos.

Con tener con que alimentarse y cubrirse, debe sentirse plenamente satisfecho

porque su misión en esta vida no consiste en tener y acumular, sino en cumplir con su deber

porque la muerte puede salirle al paso en cualquier momento y nada podrá llevar consigo tras exhalar el último aliento.

NYOGEN

VIII

Recorrió con despectiva mirada la fila irregular de famélicos prisioneros. Presentaban un aspecto lamentable, sin duda, pero comparados con los que habían perecido en el *tai-fún,* podían considerarse afortunados. Si no se equivocaba, a estas alturas los peces estarían dándose un banquete con millares de cuerpos de aquellos invasores. Lo tenían más que merecido. No gozaban de ningún derecho para llegar hasta las costas de Nihon para invadirlas. Ahora, que se atuvieran a las consecuencias y, sobre todo, que su estúpido y engreído soberano supiera que lo que esperaba a todos los ejércitos invasores era la muerte o la esclavitud.

–Nyogen-san –escuchó que le requerían.

–*Hai* –respondió.

–Kazumi-san requiere tu presencia –le informó el soldado.

Nyogen no dijo una sola palabra. Se limitó a espolear a su caballo y dirigirse a galope tendido hacia una suave loma arenosa que se divisaba a unos centenares de pasos. Sobre su chata cima, tremolaban orgullosas unas banderolas coloridas que parecían desear pegarse con el impetuoso viento que las agitaba.

–Kazumi-san –exclamó casi al tiempo que saltaba de su corcel y se inclinaba respetuosamente ante su superior.

–Nyogen-san –respondió con una ligera inclinación Kazumi–. Te he hecho llamar para felicitarte.

Kazumi hizo una pausa como si deseara que el silencio remachara el lacónico y, a la vez, relevante elogio.

–La amenaza que se ha cernido sobre nosotros –continuó– en las últimas horas ha sido terrible. Se trataba de millares de enemigos bien armados, bien entrenados y bien equipados. Seguramente, sólo los *kami* saben lo cerca que hemos estado de perecer todos en la lucha. De hecho, a samuráis como tu debemos en estos momentos nuestra vida y, lo que es más importante, nuestra libertad y nuestra honra.

Apretó los labios en un gesto de orgullosa satisfacción, clavó la mirada en Nyogen y dijo:

–Nyogen-san, tú has sido uno de los mejores. Cuando los invasores se lanzaban sobre nuestras filas y oscurecían la luz del sol con sus flechas, te mantuviste firme y no diste reposo a tu *tachi*. Cuando los *kami* decidieron extender su mano protectora sobre nosotros abriendo las compuertas del cielo, tú dirigiste el repliegue, tan sólo para cargar con denuedo contra nuestros adversarios mientras se retiraban hacia la costa. Tienes nuestra gratitud más profunda.

Nyogen guardó silencio. A decir verdad, se sentía profundamente abrumado por las palabras de caluroso elogio que estaba escuchando. Nunca antes había sido objeto de un reconocimiento como aquel que le colmara hasta esos extremos de honra. De manera instintiva, se hincó de hinojos ante su superior.

–Un samurái sólo piensa en cumplir con su deber –acertó a balbucir torpemente.

–Vamos, Nyogen-san, vamos –dijo con tono divertido Kazumi–. Levántate.

Obedeció el samurái y pudo comprobar que el resto de los mandos le observaba con una mezcla de solemnidad ritual y profundo respeto.

–Sólo los *kami* –continuó Kazumi– podrán pagarte por la manera en que te has comportado en los últimos días, pues, en verdad, ¿acaso podría alguien mortal estimar lo suficiente tu valor? Sin embargo, Nyogen-san, te ruego que aceptes esta muestra de aprecio.

Nyogen siguió con la mirada el lugar hacia donde señalaba Kazumi y descubrió a un hombrecillo sucio, con barba de varios días, aspecto cansado y escasas ropas. Sólo su sentido de la disciplina cultivado durante años le impidió que la decepción más negra se trasluciera en su rostro. Aun así no fue tarea fácil ocultar la honda pesadumbre que había comenzado a brotar en su corazón. De hecho, le costó no poco al samurái mantener el gesto de abrumada alegría que había mostrado hasta ese momento. Casi sin darse cuenta, Nyogen había esperado recibir un *tachi* nuevo, un *hoshi kabuto* reluciente, quizá un simple *ogi,* algo, en fin, que dejara de manifiesto un afecto muy especial, pero *aquello*... aquello no pasaba de ser un despojo miserable de la victoria que le arrojaban en el regazo de la misma manera que podrían haber lanzado a las fauces de un perro un hueso ya repelado.

–*Domo o arigato,* Kazumi-san –dijo Nyogen mientras se inclinaba respetuosamente.

–Es tu *dorei,* Nyogen-san –respondió Kazumi–. Te servirá hasta el límite de sus fuerzas porque, de lo contrario, le será arrebatada la vida.

–*Domo o arigato,* Kazumi-san –repitió ceremoniosamente Nyogen a la vez que realizaba una vez más la inclinación de cabeza.

–Puedes retirarte, Nyogen-san –dijo Kazumi y, a continuación, gritó:

–Que se lleve al *dorei.*

Estaba ya sentado en la silla de montar cuando un sirviente le acercó un cabo de cuerda a cuyo extremo estaba sujeto el cuello del cautivo.

¡Un *dorei!,* pensó irritado Nyogen. ¿Para qué necesitaba él un *dorei?* Podía atender perfectamente a sus necesidades sin ayuda de nadie. Se bastaba y se sobraba para prepararse la modesta pitanza y mantener limpias y preparadas sus armas. Quizá aquel hombre podría cocinar un tazón de arroz, pero ¿cómo le iba a confiar el bruñido de su *tachi* o incluso el abrillantamiento de su *do?* ¡Qué locura, oh, *kami,* qué locura!

Por un instante, sintió la tentación de espolear al caballo y matar a aquel *dorei* no deseado arrastrándolo por la arena de la playa hasta destrozarlo. Se contuvo porque su señor jamás podría perdonarle una falta de respeto semejante. Sin embargo, mientras llegaba a su lugar de partida no dejó de pensar que no le resultaría fácil encontrar un motivo que le permitiera dar muerte al *dorei* sin ofender a Kazumi y, a la vez, logrando librarse de su incómoda presencia.

DEL LIBRO DEL SAMURÁI NYOGEN

Y tomó el pincel, y sumergió su punta de cerdas de animal en la negra tinta y escribió:

He aprendido que resulta de importancia esencial el reprender y corregir a los demás por los errores que cometen. A decir verdad, este acto, no pocas veces ingrato, constituye la obligación primera del samurái.

Precisamente por su inmensa importancia, hay que llevar a cabo esta tarea de la manera más adecuada.

En primer lugar, hay que discernir si pronunciar la crítica tendrá efectos positivos o, si, por el contrario, no servirá absolutamente de nada. En no pocas ocasiones, tendremos que preparar el camino previamente para lograr que la persona nos escuche o, al menos, para que el ejemplo sirva para otros.

En segundo lugar, también hay que escoger el momento adecuado para formular la crítica. Puede ser una reunión de varios o por carta, pero siempre la crítica debe ir precedida por la mención de las propias imperfecciones de tal manera que nuestro interlocutor se percate de las suyas propias.

Si se tiene en cuenta todo esto, no resulta difícil comprender por qué el samurái debe buscar a alguien de quien pueda acompañarse en su trayectoria vital y con quien compartir, en uno y otro sentido, los reproches y las censuras para así poder perfeccionarse y disfrutar del inmenso gozo que deriva de contemplar cómo se perfecciona un compañero.

DOREI

IX

El *dorei* intentó mantenerse al paso del corcel en el que iba montado el samurái Nyogen. No le impulsaba a ese comportamiento un deseo de complacer a su recién nombrado amo. No, más bien lo que no deseaba era que, al aumentar la distancia que mediaba entre su cuello y la mano del samurái, la cuerda se tensara y él acabara estrangulado. Estaba exhausto, tenía hambre, desfallecía de sed y aún arrastraba el estupor confuso de no saber muy bien cómo había sobrevivido a la desintegración de su barco, pero, por encima de todo, el *dorei* ansiaba sobrevivir.

No tenía aún una idea cabal de lo que había sucedido en las últimas horas, pero había visto los suficientes náufragos pertenecientes a otras tripulaciones como para darse cuenta de que las pérdidas experimentadas por la flota del Gran Jan no podían ser reducidas. No, no habían resultado escasas, pero, a decir verdad, ¿cuántos podían haber perecido? y –lo que quizá era más importante– ¿existía alguna posibilidad de que volviera a producirse un desembarco y que los jinetes mongoles del Gran Jan lo rescataran del miserable estado al que se hallaba reducido?

Con aquellas terribles preguntas lacerándole el corazón, intentó mantenerse a la altura de un amo nada dispuesto, al parecer, a reducir su ritmo de marcha. No hubiera podido decir cuánto tiempo estuvo caminando, pero lo cierto es que llegó un momento en que ya no era su voluntad la que le impulsaba sino un encadenamiento sorprendente de movimientos reflejos. Sin apenas percatarse, daba un paso tras otro, y tan sólo se permitía el alivio de musitar una oración a *Shang-di* para que le permitiera no desplomarse. De hecho, estaba seguro de que si se daba esa circunstancia, el guerrero al que ahora pertenecía no tendría inconveniente en darle muerte.

Llevaban varias horas de camino cuando se detuvieron frente a un riachuelo para que el samurái pudiera dar de beber al caballo. El *dorei* habría deseado gozar de aquel sencillo pero valiosísimo privilegio del que disfrutaba la bestia, pero, por supuesto, no se le ocurrió adelantarse hasta el agua por propia voluntad. Se limitó a echar un vistazo a aquella corriente fangosa que, en aquel momento, le pareció más apetitosa que cualquier líquido que hubiera contemplado en todos los años de su vida.

No pudo hacerlo por mucho tiempo. Antes de que tuviera la oportunidad de recrearse, visual que no materialmente, en aquellas aguas sucias, el samurái le dio un tirón del cuello y reemprendieron la marcha.

El sol llevaba un buen rato agazapándose detrás de la plomiza línea del horizonte, cuando llegaron a su destino. Se trataba de una casa pequeña, construida en lo alto de una loma suave y verdosa. Para alcanzarla, el samurái espoleó al caballo y comenzó a subir por aquella colina con la misma familiaridad con que un pájaro regresa a su nido. Sin embargo, para el *dorei* no resultó tan fácil. Estaba agotado y, por si aquella circunstancia no bastara para hacerle trabajoso el ascenso, la tierra se presentaba resbaladiza a causa del aguacero del día anterior. Si, en las horas previas, el barro le había ensuciado hasta las rodillas, ahora sintió cómo se hundía sin poder seguir las marcas que dejaban los cascos del caballo.

Cayó una primera vez, pero logró ponerse en pie antes de que el samurái diera un tirón de la cuerda, una cuerda que ya se le había clavado en la carne y que mostraba, aquí y allá, señales de la sangre del *dorei*. No tuvo la misma suerte a la siguiente ocasión. El caballo había coronado la cima y dio un tirón posiblemente porque había olfateado el lugar que asociaba con el alimento y el descanso. El *dorei* no lo resistió y, sin poderlo evitar, cayó y, esta vez, sintió en la boca el sabor del barro.

Se revolvió con vigor en un esfuerzo por enderezarse y ponerse en pie. Estaba incluso a punto de conseguirlo, cuando el samurái volvió a halar de la soga y se estrelló contra aquella pasta de agua sucia y tierra removida a la que parecía reducirse ahora todo el mundo. Jadeando, logró poner en tierra una rodilla y, medio ciego por el lodo, se incorporó.

Respiraba con dificultad y por un instante le atravesó por la cabeza la idea de que lo mejor que podía sucederle en ese instante era exhalar el último aliento. Seguía intentando conservar el equilibrio y no desplomarse cuando hasta sus oídos llegó una desagradable cascada de gritos.

Levantó los ojos y vio el rostro verdaderamente enfurecido del samurái. Por supuesto, no entendía lo que le decía, pero captó con claridad meridiana cómo desandaba unos pasos, se colocaba a su altura y descargaba sobre su rostro la fusta que llevaba en la mano.

El golpe le derribó y cuando volvió a abrir los párpados sólo vio un cielo gris-negro que se le antojó espantosamente mudo y silencioso. Le dolía el pecho y sentía como si una debilidad maligna se hubiera apoderado de todos y cada uno de sus miembros. De buena gana, habría olvidado el hambre y la sed que lo atormentaban a cambio de poder cerrar los ojos y dormir. Pero el samurái no se lo permitió. De un salto, bajó de la silla, se acercó al *dorei* y comenzó a descargar sobre él la fusta al mismo tiempo que le gritaba una riada de palabras incomprensibles.

Cómo logró el *dorei* volver a ponerse en pie, cubrirse la cabeza de aquel diluvio de golpes e incluso erguirse sería algo por lo que se preguntaría tiempo después. Sin embargo, lo cierto es que lo consiguió y apenas lo hubo hecho, el samurái dejó de golpearlo.

Llegaron a la casa, una casa de formas extraordinariamente extrañas para el *dorei,* pero ni siquiera entonces pudo disfrutar de un momento de reposo. Durante los siguientes instantes, el guerrero le fue dando órdenes con movimientos de las manos o de la cabeza subrayados con frases ininteligibles, pero que al *dorei* le parecieron tan tajantes como el restallido de un látigo. Cuando concluyó el día, el caballo había sido atendido, el samurái dormía frente a un brasero en el interior de aquella extraña casa de madera y papel, y el *dorei* se rebujaba tiritando en un rincón del porche. No tardó mucho en comenzar a soplar el viento, pero, a esas alturas, el *dorei* dormía ya.

Le despertó una insoportable sensación de frío y una claridad gris-perlada que se descolgaba de un firmamento acerado y gélido. En otro momento, en otro lugar, el *dorei* se hubiera dado la vuelta en el lecho y habría continuado durmiendo invadido por una agradable sensación de verse al abrigo de las inclemencias del tiempo. Ahora, sin embargo, sabía que esa época ya sólo formaba parte del pasado, de un pasado que había sido tranquilo si es que no feliz y que, definitivamente, había concluido. Respiró hondo como para proporcionarse impulso, apoyó las palmas de las manos en el suelo áspero e inhóspito, se incorporó, se sentó, se frotó con fuerza los brazos y las piernas, y recorrió el entorno con la mirada.

Tuvo que reconocer, apesadumbrado, que en aquellos momentos le habría encantado evadirse de aquella tierra brumosa y helada. Sin embargo, por doloroso que resultara era consciente de que no llegaría muy lejos. Y además, aunque hubiera contado con esa posibilidad, no podía olvidar que se encontraba en una isla. Si lograba, sin provisiones y sin conocer la lengua, alcanzar la costa, ¿quién querría llevarlo en barco –gratis por añadidura– hasta el reino del Gran Jan? ¿Quién creería sus promesas de pago viéndole reducido a aquella mísera condición y, sobre todo, quién querría ayudar a un invasor? No, posibilidades no tenía ninguna.

El *dorei* se puso entonces de rodillas e inclinó su frente casi hasta tocar el suelo. Comenzaba el día, pero sobre todo se iniciaba la primera jornada de una nueva vida. Como la anterior, estaba en manos de *Shang-di* y en Él confiaba para intentar sobrevivir y esperar, esperar y sobrevivir.

DEL LIBRO DEL SAMURÁI NYOGEN

Y tomó el pincel, y sumergió su punta de cerdas de animal en la negra tinta y escribió:

Aquel que no deja de calcular es un verdadero cobarde. Así es porque los cálculos siempre aparecen ligados a la idea de beneficio o de pérdida. Como es así, el individuo piensa que morir es siempre una pérdida y vivir es siempre una ganancia.

Pero ése es un gran error, un error tan grande que nublará su entendimiento y que le llevará a anteponer a la gloria, a la honra y al cumplimiento del deber cualquier otra consideración.

Si cae en esa degradación, muy pronto a la cobardía se sumarán la lujuria, la codicia, la vanidad, la mentira.

Puede que externamente no resulte tan claro y que incluso conserve una buena apariencia, pero no dejará de ser como una fruta de hermoso aspecto cuyo interior se pudrió tiempo atrás. Muchos lo verán y creerán que es algo digno y bello. En realidad, no es sino asquerosa inmundicia.

Esta podredumbre nace únicamente de la falta de educación. Los maestros –no los que pretenden enseñar, sino los que verdaderamente enseñan– cada vez son más escasos. No existen, por lo tanto, los discípulos y así no puede comunicarse la sabiduría. Precisamente, la sabiduría que nos enseña que la cobardía es uno de los males peores y que nace no pocas veces del cálculo.

DOREI

X

En el curso de los meses siguientes, el *dorei* no dejó de aplicar toda su inteligencia y agudeza a intentar comprender al hombre de Je-pen-kuo que se había convertido en su dueño y también la tierra de niebla en la que *Shang-di* había dispuesto que recalara.

No tenía –por lo que pudo ver enseguida– ninguna familia. No, al menos, esposa o hijos, aunque, a decir verdad, aquello no significaba que viviera aislado ni ocioso. Por el contrario, no tardó en descubrir que casi no disfrutaba de un solo momento de reposo.

Se levantaba muy temprano por la mañana y se entregaba a lo que parecía una forma de meditación. Sin embargo, el *dorei* no logró comprender al principio el tipo de devoción a la que se entregaba el guerrero, una devoción en la que parecía quedar totalmente absorto, sentado y con los ojos semicerrados, olvidando todo lo que le rodeaba.

Luego, tras comer algo muy ligero, se entregaba a ejercicios con la espada y, no siempre, con la lanza. El *dorei* llegó a la conclusión de que el guerrero tenía una manera peculiar de entrenarse. En primer lugar, estaban sus armas. Desde luego, había que reconocer que llamaban la atención. Las espadas, en lugar de estar templadas sobre un patrón recto, presentaban una forma ligeramente curvada. En cuanto a su mango, resultaba también peculiar. En apariencia, su longitud podía considerarse excesiva, pero el *dorei* no tardó en comprender que servía para que pudiera asirse con ambas manos y proporcionar mayor contundencia a las estocadas.

Lo que ya resultaba menos fácil de explicar era por qué siempre llevaba tres. La primera era larga, tanto o más que la que hubiera podido utilizar un guerrero del Gran Jan; la segunda era algo menor, pero, desde luego, con la envergadura suficiente como para poder combatir con ella en un enfrentamiento a campo abierto; la última era pequeña, corta pero siguiendo el mismo modelo que las anteriores. De ésta, su amo no se desprendía jamás, ni siquiera cuando tomaba un baño o tenía que hacer sus necesidades. Pensó al principio el *dorei* que esta última circunstancia se debía a que las autoridades no podían mantener el orden o a que su señor estaba amenazado. Sin embargo, no tardó en darse cuenta de que no era así. En realidad, nadie se acercó jamás a aquella aislada –y bien rudimentaria– casa para molestar a su amo, y por lo que se refería a los caminos y a las poblaciones, la sensación que tenía era la de que el orden no podía ser más absoluto. También es verdad que después de haber visto a dos o tres crucificados a la entrada de algún pueblo no le sorprendió que así fuera. Llegó, por lo tanto, a la conclusión de que la costumbre de no separarse nunca de aquella espada corta obedecía a alguna obsesión de raíces desconocidas o quizá a algún rito cuya naturaleza se le escapaba.

Pero si aquellas armas le resultaban chocantes, aún más le llamó la atención el entrenamiento cotidiano que seguía el guerrero. No podía negarse que poseía una destreza indudable, pero al *dorei* le parecía que no dejaba de estar lastrada por una cierta rigidez. Era un buen espadachín, sí, pero limitado, demasiado limitado, y eso saltaba a la vista con sólo contemplar la manera en que se desplazaba en el ejercicio de sus prácticas. El pie derecho adelantado, el izquierdo colocado en posición oblicua al resto del cuerpo... demasiado rudimentario. Pensaba entonces consternado que no había duda de que, sin mediar el agua, el ejército del Gran Jan los hubiera aplastado y ahora él no sería un *dorei.* Sin embargo, al llegar a ese punto de su reflexión, lo desechaba diciéndose que no tenía sentido pensar en ello...

No le pareció menos rudimentaria la escritura de la gente de Je-pen-kuo. Una vez más lo que había podido ver en su amo le había resultado enormemente revelador. Manejaba el pincel y la tinta con cierta habilidad, eso era cierto, pero, al mismo tiempo, no podía pasar por alto lo limitado de su caligrafía. No pocos de los caracteres trazados le parecieron sólo una simplificación penosa de los habitualmente utilizados en Zhon guo. Partiendo de esa base, llegó a la conclusión de que el significado no podía ser muy distinto, aunque su lectura, lógicamente, correspondería a palabras propias de la lengua de Je-pen-kuo.

La lengua de Je-pen-kuo... también de ella tenía que decir el *dorei* que le parecía extraordinariamente burda. Por un lado, no abrigaba dudas de que era muy semejante a la utilizada por los coreanos y, por otro, en ella abundaban palabras tomadas de la hablada en Zhon guo. Su impresión era que, en sus inicios, seguramente no había servido más que como vehículo de expresión de pescadores y cultivadores de mijo. Con certeza, no contaban entonces ni siquiera con reglas o con un sistema de escritura. Seguramente por eso, para poder disponer de él habían copiado el de Zhon guo, aunque, justo era reconocerlo, simplificándolo hasta unos extremos que, a su juicio, implicaban una extraordinaria pobreza.

Fue llegar a esa conclusión y la misma construcción de las frases comenzó a aparecer ante el *dorei* dotada de una curiosa simplicidad. Por la simple entonación, captó que las oraciones interrogativas concluían añadiendo el sufijo *ka* y que, para negar, los hombres de Je-pen-kuo simplemente añadían la desinencia *sen*. Sí, en verdad se trataba de un lenguaje primitivo y rudimentario, propio de un pueblo que, por lo visto, sólo poseía de valor lo que había conseguido copiar de Zhon guo. Sin duda, los *Je-pen-kuo ren* no lo habrían entendido, pero el ser invadidos hubiera significado una verdadera bendición para ellos. Como había sucedido con los mongoles, que apenas sabían otra cosa aparte de guerrear y permanecer días enteros a caballo, los *Je-pen-kuo ren* habrían recibido de los *zhon guo ren* una sabiduría milenaria que les habría elevado de su deplorable situación a otra bien distinta.

No era el *dorei,* precisamente, un hombre abrumado por el deseo de tener o de aparentar, pero ¿acaso no resultaba un escándalo que un guerrero como su amo viviera en aquella casa inhóspita de madera y papel donde la humedad y el viento se colaban por todas las rendijas, donde el frío era un invitado presente a todas horas y donde incluso encender un brasero significaba un riesgo no escaso de morir achicharrado durante el sueño?

Al llegar a ese punto de sus reflexiones, el *dorei* se sentía hondamente apenado y se decía que, sin duda, *Shang-di* contaría con una explicación más que sabia y profunda para aquello, aunque a él, personalmente, se le escapaba por completo. En realidad, le resultaba tan incomprensible como el hecho de que su dueño lo exhibiera como un animal extraño cuando, ocasionalmente, bajaban hasta el pueblo más cercano o realizaban algún viaje.

Por su parte, se limitaba a guardar silencio y a aparentar la mayor estupidez de que era capaz –y podía ser mucha–, como si ni entendiera, ni comprendiera, ni captara absolutamente nada. Ya el primer día había decidido fingir que era mudo y con el paso de los meses sólo había podido felicitarse por lo inteligente de semejante argucia. Ciertamente cuando escuchaba *Isogi!*, *Isogi!* se apresuraba a ejecutar lo que su dueño le indicaba por señas y mostraba distinguir entre *Hai* e *Ié,* pero muy poco más. Si su amo pensaba que no entendía la lengua, no le encomendaría tareas especialmente complicadas y si sus cometidos continuaban siendo sencillos, eludiría castigos que, a juzgar por la manera de actuar de aquellos bárbaros, podían ser terribles.

Aquella astucia sumada a la prudencia y a una observación constante no tardó en dar resultados cada vez mejores. Así, al cabo de un año, el *dorei* se había ganado lo bastante la confianza de su señor como para que lo enviara a la población con una lista de las cosas que debía traer. Apenas se había alejado un centenar de pasos de la colina, cuando se puso a examinar lo escrito. Le resultó extraordinariamente fácil descifrar los rasgos trazados por su amo, pero no quiso adelantar su alegría. Esperó, paciente y contenidamente, a ver si quedaban confirmados por los hechos. No erró ni tan siquiera uno.

A partir de aquel día, se convirtió en algo habitual aquella tarea que se sumaba a la limpieza; al acarreo de agua y leña, al acompañamiento a las cacerías y a otras labores domésticas que no incluyeran cocinar. Su señor era un hombre peculiar también en los hábitos alimenticios y guisaba para sí mismo a la vez que le dejaba que se ocupara de su propia pitanza. No le pareció nada mal aquel arreglo al *dorei,* primero, porque lo liberaba de tener que realizar determinados trabajos y, segundo, porque, dentro de ciertos límites, le permitía comer algo que contaba con sabor y era radicalmente distinto de los comistrajos con que se alimentaba su amo.

Y a todo ello se unió la posibilidad de escuchar a otros hombres y mujeres. En los días que bajaba al pueblo, pudo comprobar el pésimo estado de la higiene de aquellos lugares, las penosas circunstancias en que se bañaban –muy de vez en cuando, además–, la opresión escandalosa a que estaban aquéllos sometidos e incluso el grado de corrupción de sus monjes, que no sólo iban armados hasta los dientes sino que además parecían insoportablemente despóticos.

Fue así descubriendo que las cárceles no existían en Jepen-kuo como lugar de castigo sino únicamente de paso a la espera de la ejecución de penas horribles; que las mujeres sorprendidas a solas con un hombre eran susceptibles de verse ejecutadas en la calle sin ningún trámite legal –en dos ocasiones tuvo ocasión de comprobarlo y podía dar fe de que era difícil imaginar pocas situaciones más desagradables– y que sólo los samuráis tenían un nombre, mientras que el resto de la población era denominada de acuerdo con el trabajo que realizaban.

De esa forma, a medida que fue pasando el tiempo, el *dorei* se fue dando cuenta de que había sido extraordinariamente afortunado. No sólo no había perecido ni en la batalla ni en el naufragio. Además había ido a dar con un amo que no tenía ni mujer ni hijos, circunstancias ambas que sólo hubieran contribuido a amargarle la existencia. Por si fuera poco, día a día, había ido aprendiendo cómo era aquel pueblo de bárbaros en medio del cual se veía obligado a vivir. Tarde o temprano –más temprano que tarde– el Gran Jan enviaría una nueva expedición para vengar el humillante desastre sufrido, precisamente, cuando sus ejércitos habían estado a punto de aplastar a los guerreros de Je-pen-kuo. Para el tiempo en que se produjera tal eventualidad, seguiría vivo y además en magníficas condiciones para servir al actual amo de Zhon guo. Nadie como él conocería la lengua, la cultura, la conducta de los *Je-pen-kuo ren*.

Era llegar a esa conclusión y el *dorei,* estuviera donde estuviera, hiciera lo que hiciera, experimentaba en su interior una cálida felicidad que no quedaba alterada por el viento que calaba hasta los huesos, el estómago casi vacío después de una jornada de trabajo o la dureza del suelo donde debía tenderse para dormir hasta que despuntara el alba. Se trataba de la sensación de que todo sucedía de manera tranquila y calmada, sin grandes sacrificios, y cada vez que la experimentaba, de la manera más natural y espontánea, a continuación siempre actuaba de la misma forma. Dando las gracias a *Shang-di.*

DEL LIBRO DEL SAMURÁI NYOGEN

Y tomó el pincel, y sumergió su punta de cerdas de animal en la negra tinta y escribió:

Una pelota lanzada a los rápidos de un río jamás se queda en su lugar. Si cae en la corriente, rodará sobre las ondas y se agitará sobre la superficie del agua. De hecho, la pelota no sólo no conseguirá mantenerse en su primera posición, sino que incluso no podrá impedir seguir desplazándose sin parar.

Algo similar sucede con nuestra existencia. Creemos –incluso esperamos– que podrá detenerse en aquellos momentos donde disfrutemos de más gloria, honra o bienestar. Sin embargo, no es posible porque nuestra vida es arrastrada por lo que sucede. Nada de eso debe asustarnos. Por el contrario, en nuestras manos se encuentra el poder aprender de las situaciones por las que pasamos y no dejar de ser lo que somos ni cumplir con lo que debemos cumplir por muy fuerte e impetuosa que resulte la corriente.

Si así actuamos, posiblemente descubriremos, en no pocas ocasiones, que la corriente no nos arrastró a donde quiso, sino que sólo fue el vehículo para llevarnos a donde debíamos dirigirnos.

NYOGEN

XI

Nyogen examinó la punta de las flechas. Sujetándolas entre las yemas de los dedos podía dar fe de que estaban bien ajustadas y de que conservaban el filo necesario para penetrar en la piel de cualquier ser. No sentía un placer especial en perseguir y matar animales que luego no comería, pero Kazumi-san le había comunicado que tenía intención de celebrar una batida de caza y era su deber sumarse a aquella diversión.

Tensó la cuerda del arco y sonrió complacido al comprobar que no podía hallarse en mejor estado. *Hai,* no podía sino experimentar satisfacción teniendo en cuenta la forma en que sabía conservar sus armas con el paso de los años. Algunas eran muy viejas e incluso habían pertenecido a su padre o a su abuelo, pero él, sólo él, lograba prolongar su vida de la misma manera que el agricultor alarga la existencia de un árbol a pesar de que las décadas discurran sobre su rugoso tronco.

Porque él, el samurái Nyogen, no tenía un grupo de *doreis,* ni siquiera un *dorei,* que se ocupara del cuidado de aquellos artefactos diseñados para llevar la muerte, pero también para garantizar la vida. Su *dorei,* el *dorei* que le había regalado Kazumi-san y que llevaba casi dos años a su servicio, bueno, era diligente y eficaz, muy limpio y obediente, pero la verdad es que no sabía nada de armas y tampoco era capaz de articular una sola palabra.

Había que preguntarse, desde luego, por qué los bárbaros lo habían incluido en su expedición. Quizá es que formaba parte de la servidumbre de algún guerrero o –¿quién sabía?– quizá se había quedado mudo tras sufrir la derrota. Fuera como fuese, aquel bárbaro ni podía ni debía acercarse a sus armas. Aunque, claro, en la cacería debería, eventualmente, sujetar el arco y llevar el carcaj como sucedía con otros *doreis.* Se trataba de un mal menor que –esperaba– no se prolongaría mucho.

Y así fue como el samurái Nyogen partió al encuentro de su señor Kazumi-san y se alegró de encontrarse con antiguos compañeros de armas con los que había compartido la lucha en múltiples ocasiones antes de la gran batalla de Hakata y con los que formaba un cuerpo destinado a la defensa de Nihon y a proporcionar gloria y honra al *kotei.* Durante el primer día, departieron amigablemente, escucharon las canciones de artistas contratados ex profeso por Kazumi-san y se permitieron emborracharse. No era esta última acción habitual en ellos siquiera porque sus peculios no les permitían semejantes comportamientos. Sin embargo, así se lo había indicado discretamente su señor y así actuaron. No hubiera podido indicarlo con seguridad Nyogen, pero cuando, al final, marcharon a dormir, los luceros habían comenzado a apagarse en el firmamento e incluso algunas hebras finas de luz de la aurora comenzaban a hacer acto de presencia.

La nueva mañana les sorprendió con el sol orgullosamente enclavado en el cielo y un ruido punto menos que ensordecedor en el campamento. Avisados pertinentemente, se lavaron con esmero, se aderezaron de la manera más adecuada y en compañía de sus *dorei* acudieron a rendir pleitesía a Kazumi-san. No pudo recibirlos de mejor humor ni tampoco con un atavío más impresionante. La seda, la madera lacada, el ungüento formaban en él un conjunto tan armonioso que, sin duda alguna, hubiera podido constituir el tema adecuado para una de esas maravillosas pinturas que Nyogen había visto en alguna ocasión cuando su amo las había sacado de un cajón y desplegado ante sus asombrados ojos.

Kazumi-san los recibió con palabras de aliento, elogió –esto escasamente– su atuendo y luego los invitó a lo que él denominó «una ligera colación» aunque era mucho más de lo que la mayoría de los samuráis podían comer en varios días. Y no sólo se trataba de la abundancia, sino también de la forma en que aparecía lo cocinado. Luego, Kazumi-san había gritado una orden y, mientras los *dorei* comenzaban a golpear címbalos y tambores con la pretensión de asustar a las futuras presas y obligarlas a salir, los samuráis se habían aprestado para la cacería.

Nyogen no reparó en ello, absorto como estaba en la necesidad de no quebrantar un ceremonial especialmente puntilloso, pero lo cierto es que mientras que la caza resultaba un ejercicio suave y divertido para los que la practicaban, para los *doreis* significaba una tarea verdaderamente agotadora. No era empeño sencillo el mantenerse, si no a la altura, sí al menos cerca de la montura del señor y luego, no pocas veces en terrible competencia con otros de su misma condición, atrapar las piezas cobradas.

El samurái no creía que en la caza se demostraran unas dotes especiales para el combate –que, al fin y a la postre, era lo que le interesaba– y no se habría mostrado demasiado exigente con su *dorei.* Sin embargo, contempló con sorpresa y satisfacción que éste empleaba una diligencia en el servicio en la que no se podía hallar un solo punto de censura. Y así, de manera movida pero no agitada, fueron transcurriendo las horas de la mañana y llegó una nueva colación y la hora de descansar brevemente antes de continuar la sesión de la tarde.

Había comenzado a refrescar cuando Nyogen volvió a subir a su caballo y continuó la persecución de los animales. Sin embargo, sentir el azote del viento frío en el rostro no le pareció una molestia, sino que, más bien, le resultó un grato acicate. Cabalgó así en persecución de varias piezas que luego señalaba su *dorei* como propias valiéndose de una banderola.

Llevaba varias horas sobre la silla cuando, cabalgando al lado de Kazumi-san, que le honraba con esa distinción, se cruzó ante su mirada una pieza de caza mayor que corría tan despavorida como para que el hocico espumeara. Echó Kazumi-san mano de su carcaj tan sólo para descubrir que la última flecha la había disparado unos momentos antes contra un ave que tuvo la desgracia de colocarse dentro de su campo visual. Dejó escapar una interjección e inmediatamente gritó:

–Nyogen-san, es tu deber atraparlo.

No necesitó el samurái escuchar otras palabras para espolear a su caballo y salir en persecución del aterrado animal. Aterrado, pero no paralizado por el miedo, porque hacía quiebros y daba saltos continuos con la intención de esquivar a quienes lo perseguían. Se alejó así, jadeante y desesperado, unos centenares de pasos hasta que, inesperadamente, tropezó, describió una parábola derivada de su velocidad y se estrelló contra el suelo. De un impulso intentó la bestia incorporarse, pero, cuando lo pretendía, se desplomó nuevamente.

–Se ha roto una pata... –musitó más apenado que contento el samurái a la vez que descendía de la silla y se acercaba al ciervo.

Tenía los ojos desorbitados por el pánico y, al ver cómo acudía hasta su lado, el animal comenzó a boquear de terror y a repetir sus infructuosos intentos encaminados a incorporarse y escapar. Pero no le fue posible, uno de sus remos estaba atrapado, y por añadidura quebrado, en un entramado retorcido de raíces que sobresalían apenas de la superficie herbosa del tupido bosque.

–Vas a tener suerte de que esté yo –le dijo el samurái–, si te hubiera sucedido solo, hubieras tardado horas en morir.

Mientras pronunciaba estas palabras, el guerrero desenvainó la daga y se dirigió hacia el animal. Tenía decidido asestarle un golpe rápido, pero no extenso, en el pescuezo. De esa manera, la bestia se desangraría rápidamente y sin sufrimiento y, sobre todo, su piel no experimentaría ningún daño de importancia. Tenía un cuero muy hermoso del que podían salir no pocas prendas y con certeza Kazumi-san no le perdonaría el echarlo a perder por impericia.

Clavó con gesto rápido la hoja en el cuello de la bestia, que se convulsionó mientras la mirada se le transformaba de aterrada en vidriosa. En aquel momento, Nyogen hubiera necesitado a su *dorei* para que sacara al animal del cepo en que se hallaba y cargara con él hasta el caballo. Sin embargo, no se veía la menor traza posiblemente porque la cabalgada había sido larga y aún estaba persiguiéndolo.

Si Nyogen no hubiera sido un hombre de pundonor y responsabilidad, habría esperado a la llegada del *dorei,* tranquilamente sentado. Pero Nyogen ansiaba en aquellos momentos mostrar a su señor la rapidez y, sobre todo, la excelencia con que había ejecutado sus órdenes. Dejó, por lo tanto, la daga en el suelo, se desprendió del *tachi* y de la *katana* para moverse con más ligereza, y se acercó al animal para levantarlo del lugar donde yacía.

Notó enseguida que pesaba mucho, pero semejante descubrimiento no lo disuadió de su propósito. Por el contrario, le sirvió de estímulo para llevar a cabo lo que tenía pensado. Desprendió, primero, la pata de las irregulares raíces donde estaba enredada y luego, con imparable decisión, colocó su cuello debajo del cuerpo del animal, sujetó con ambas manos los remos y empujó hacia arriba. La bestia inerte se resistió al principio como si su espíritu aún residiera en el cadáver y se negara a verse desplazado del bosque en el que había vivido siempre. Sin embargo, Nyogen no era hombre dispuesto a dejarse vencer. Otras cuatro veces realizó el mismo movimiento hacia arriba, acompañándolo de otros laterales, hasta que, al fin y a la postre, pudo levantar a la bestia.

Jadeaba por el esfuerzo, pero el orgullo de haber cumplido con su deber le infundió nuevo vigor mientras se dirigía al lugar donde le esperaba el caballo. Fue un relincho de éste y el ruido de los cascos lo que despertó en su interior el sentimiento de alarma que en otras ocasiones le había salvado. Con no poca dificultad logró acercarse una mano al rostro y retirarse el sudor que le caía sobre los ojos empañándole la mirada. Y entonces la vio con toda claridad. Era la muerte y se encontraba situada a una veintena de pasos de él.

DEL LIBRO DEL SAMURÁI NYOGEN

Y tomó el pincel, y sumergió su punta de cerdas de animal en la negra tinta y escribió:

El samurái carece de sentido en la vida si no aspira a ser un héroe. El héroe es aquel que otorga valor al honor, no se deja atrapar por el miedo a la muerte y vive de acuerdo con estos principios.

Su valor le permite no temer a nada, no someterse a nada, no renunciar al cumplimiento de su deber por nada.

Ese valor no necesita de nadie más para convertirse en una realidad cotidiana. No le importa si hay algo o alguien por encima o por debajo de él. Tan sólo le resulta relevante el satisfacer la obligación que pesa sobre él.

Cualquiera que empuña el tachi *debe ser consciente de que ese espíritu de héroe es absolutamente indispensable y que, precisamente por ello, debe mostrarse indiferente a los asuntos materiales, a los juicios de los demás, especialmente si son injustos o no se corresponden con la realidad, y a los engaños y las seducciones de este mundo.*

Cualquiera que empuña el tachi *debe saber que puede que no obtenga recompensa en forma de bienes materiales o de palabras lisonjeras. Sin embargo, nada de eso ha de importarle. Lo absolutamente esencial es que ha cumplido su deber y en ello se encierra algo más importante que un regalo o una alabanza.*

NYOGEN

XII

Las fauces de la fiera estaban abiertas en un gesto que no permitía presagiar nada bueno, sobre todo, porque los ojos, redondos e inyectados en sangre, los tenía clavados en Nyogen. Entornaba y abría las mandíbulas y, al hacerlo, daba la sensación de que bostezara y de que, por añadidura, su gesto tuviera un tono sanguinario, como complacido en aterrar a aquel al que pensaba dar muerte.

El samurái contempló al animal. Era obvio que pensaba atacarlo. Quizá deseaba la bestia que llevaba sobre los hombros o quizá quería castigarlo por haber traspasado los sagrados límites de su territorio. Fuera como fuese, lo cierto es que en unos instantes se lanzaría sobre él y no tendría nada con que defenderse. Sin apartar la vista del peligro, Nyogen intentó calcular la distancia que le separaba del caballo. Fue en ese mismo momento cuando la boca se le quedó totalmente seca. Por muy rápidamente que pudiera desprenderse de la carga que lo aplastaba y emprendiera la carrera hasta su montura, no tendría la menor posibilidad de alcanzar las armas o el arco que le permitieran defenderse de la fiera. Estaba condenado y lo sabía.

Estaba condenado, pero no tenía la menor intención de rendirse. Nyogen respiró hondo, hizo acopio de fuerza y con gesto decidido empujó con las manos el animal que acababa de cazar y que ahora reposaba sobre sus hombros. La pesada pieza le pasó por encima del cuello y fue a dar con un golpe seco contra el suelo. Pero antes de que así sucediera, Nyogen ya había emprendido la carrera.

La fiera reaccionó con una sorpresa inicial a la audacia de Nyogen. Nunca hubiera esperado que aquella bestia de colores semejantes a los de un insecto pero con un animal sobre el cuello pudiera comportarse de esa manera. Sin embargo, su instinto de depredador no se dejó distraer más allá de un breve instante. Rugió, abrió aún más las fauces y se lanzó contra Nyogen.

Lo atrapó cuando apenas había logrado correr una docena de pasos. Su intención era derribarlo de una embestida e, inmediatamente, y antes de que el cuerpo cayera al suelo, asestarle un golpe mortal con la zarpa derecha. Se trataba de una combinación mortal que había servido para alimentarse junto con su camada desde hacía varias estaciones.

Sin embargo, esta vez la letal combinación no funcionó. La fiera llegó hasta la altura de su presa, se elevó sobre sus remos traseros y, dando un salto, cayó sobre la espalda del samurái. Sin embargo, cuando intentó desgarrar el costado de su víctima de un zarpazo certero, se encontró con que sus garras chocaban contra algo inesperadamente duro y, a continuación, resbalaban. Por un instante, la fiera sintió cómo se escapaba aquella presa torpe y lenta. Pero fue una sensación pasajera. El choque había derribado a Nyogen, que no tuvo tiempo de volver a ponerse en pie antes de que la bestia se abalanzara sobre él.

Intentó interponer entre las babeantes mandíbulas, unas mandíbulas que despedían un hedor insoportable, y su rostro el brazo derecho forrado con una muñequera. Sin embargo, ésta no era barrera suficiente para la fiera. Por el contrario, más enfurecida que nunca, intentaba golpearle el rostro para, acto seguido y una vez hubiera conseguido aturdirle, poder desgarrarle el vientre con las patas traseras. Se aprestaba a ello cuando un ruido inesperado la distrajo.

Fue un grito, pero un grito especial. El de una boca humana que no sólo no tenía miedo sino que estaba desafiando a la fiera y que, para hacerlo, no recurría al lenguaje de los hombres, sino a un sonido tan primitivo que ésta no pudiera equivocar el significado.

El animal dirigió una mirada inyectada en sangre hacia el lugar de donde había venido el extraño grito. Descubrió que se trataba de una presa inferior y, precisamente por ello, debería haberla despreciado. Sin embargo, la manera en que lo desafiaba, en que lo retaba, en que lo llamaba a combatir no podía quedar sin respuesta. Lentamente, se separó de un sorprendido Nyogen y se preparó para lanzarse sobre aquella molesta interferencia. Se sentía tan excitada por aquella nueva presa que en un solo instante la fiera olvidó su ira al sentir cómo sus garras resbalaban en la protección dura del humano caído en el suelo y se centró en el nuevo ser que iba a derribar y, esta vez sí, a despedazar.

Como si todo el cuerpo, y no sólo las patas, obedecieran a un impulso locomotor, el animal salió disparado. Le guiaba un instinto ancestral transmitido por su especie de padres a hijos desde hacía miles de años. La ansiedad que ahora sufría culminaría en satisfecha y orgullosa tranquilidad, una vez que destrozara entre sus fauces a su presa. Sin embargo, ésta no parecía hallarse asustada. Por el contrario, le esperaba tan sólo a unos pasos erguida, firme y con la mirada tranquila y sosegada.

Llegó hasta su víctima, cobró impulso sobre sus patas traseras y se lanzó repitiendo aquel gesto que una, tan sólo una vez, le había fallado. Pero en esta ocasión, ni siquiera llegó a alcanzar su presa. Ésta movió la diestra, hasta ese momento oculta tras el muslo, y sacó lo que a la fiera le pareció un enorme diente gris. Fue lo último que vio y lo último que sintió antes de que el *tachi* se adentrara en su pecho. Antes de desplomarse, la fiera estaba muerta, pero el que con tanta habilidad le había arrancado la vida no se dio por satisfecho. Se acercó unos pasos al cuerpo inerte y descargó un golpe que la decapitó.

Nyogen había contemplado toda la escena y, ahora que había concluido, no pudo evitar sentir un escalofrío de estupor. No era para menos teniendo en cuenta que el hombre que había dado muerte al animal era su *dorei*. Pero... pero ¿cómo podía aquel sujeto incapaz de articular una sola palabra manejar con esa destreza un arma que se tardaba años en dominar? ¿Qué estaba sucediendo? A punto estaba de expresar en voz alta aquellas preguntas que le oprimían el corazón, cuando el ruido de los cascos de un caballo le arrancó de su angustiada reflexión.

–¡Perro, suelta ese *tachi!* –escuchó que gritaba un jinete que se dirigía hacia el *dorei*.

Nyogen sintió una dentellada de angustia en el pecho. De repente, como si se tratara de una cascada de sensaciones, supo que Kazumi-san, cabalgando a galope tendido, atravesaría con su *yari* al *dorei* que le había salvado la vida y que éste ni siquiera tendría la posibilidad de musitar una disculpa antes de caer muerto.

DEL LIBRO DEL SAMURÁI NYOGEN

Y tomó el pincel, y sumergió su punta de cerdas de animal en la negra tinta y escribió:

Un adagio afirma: Cuando sube la marea, el bajel se eleva.

Semejantes palabras se corresponden con una realidad, la de que, cuando nos enfrentamos con las dificultades, contamos con la oportunidad de aguzar nuestras facultades si sabemos situarnos bien a la hora de abordarlas.

Por supuesto, no puede negarse que muchos quedan destrozados por lo ardua que puede presentarse la existencia, de la misma manera que acaba deshecho el barco lanzado contra la costa por el impulso de las olas.

Sin embargo, el hombre cabal nunca debe permitir que las contrariedades, las dificultades o los reveses lo amilanen ni mucho menos lo aplasten.

Por el contrario, de ellas debe aprender sin amargarse ni permitir que lo ahogue el resentimiento.

Así se irá aguzando como se aguza el filo de la espada.

Así se templará como el forjado de una armadura.

Así se formará como se desarrolla el feto en el seno de la madre.

Así se convertirá, al fin y a la postre, en un hombre porque no existe nadie que merezca ese calificativo sin antes haberse purificado en el horno de las dificultades.

DOREI

XIII

El *yari* de Kazumi se aproximó al cuerpo del *dorei.* Tenía intención de atravesarlo de parte a parte con un golpe certero dirigido a su pecho. Había ejecutado aquella maniobra docenas de veces y desde hacía años sabía cómo realizarla con la mayor eficacia. Sin embargo, en esta ocasión, nada transcurrió como de costumbre.

El *dorei* esperó hasta que el *yari* estuvo tan cerca de él que, de haberse tratado de un ser vivo, casi hubiera sentido su aliento. Y entonces, como había hecho con la fiera, se desplazó hacia un lado con elegante destreza, sacó el *tachi* oculto tras su muslo y descargó un tajo extraordinariamente preciso sobre el asta del *yari.*

El corcel sobrepasó al *dorei* unos pasos justo antes de que Kazumi tirara de las riendas y le obligara a girar sobre sí mismo. Nunca le había sucedido nada similar al samurái, ni siquiera combatiendo con guerreros expertos, y por eso mismo, ahora se sentía más desconcertado que encolerizado. Con gesto desdeñoso, lanzó lo que quedaba del *yari* contra el suelo, echó mano del *tachi* y picó con energía los flancos del caballo.

En otra ocasión, en otro lugar, el paso del corcel al lado de un adversario habría significado la muerte de éste por efecto de una estocada certera y letal. Sin embargo, para nueva sorpresa de Kazumi, el *dorei* no se retiró asustado ni intentó huir. Simplemente esperó y cuando el *tachi* descendió como un relámpago de muerte se encontró no con la carne de una víctima sino con otra hoja sujeta por una mano firme y experta que detuvo el golpe, trazó un movimiento diestro oblicuo y arrancó el arma de la mano del samurái.

Kazumi lanzó una interjección de cólera no porque el inesperado movimiento del *dorei* le hubiera ocasionado dolor, sino, simplemente, porque no podía tolerar la idea de que aquel ser miserable pudiera escapar de su indiscutido poder de arrancar la vida. Cabalgó unos pasos, nuevamente obligó a girar a su montura, le palmeó el pescuezo y se preparó a cargar nuevamente.

Lo hizo a la vez que lanzaba un grito en el que se concentraba toda su energía, todo su saber de guerrero y todo su odio y, entonces, a un par de pasos del *dorei,* tiró con brío de las riendas y echó mano de su segunda espada. La gélida hoja de la *katana* emergió, rápida como un relámpago, de su rugosa vaina de madera. Después, dibujó una parábola que, como un silbido viperino, rasgó el aire en dos y se dirigió, con toda la destreza que durante años había acumulado el samurái, hacia el lugar preciso donde la cabeza se une con el resto del cuerpo. Se trataba del tipo de golpe mortal que todos admiran, pero que pocos, muy pocos, son capaces de dominar.

Menos aún son los que cuentan con la destreza suficiente para detenerlo. Sin embargo, entre ellos se encontraba el *dorei.* Aun situado en una posición de inferioridad, detuvo el golpe que descendía sobre él y luego volvió a repetir el movimiento que le había permitido desarmar al samurái hacía tan sólo unos momentos. Esta vez, Kazumi no perdió la hoja, pero el orgullo por su logro apenas le duró un instante. El *dorei* dio un salto hacia su izquierda, amagó un golpe dirigido a los ojos del caballo y cuando el animal, asustado, se alzó sobre sus remos delanteros, aprovechó para empujar hacia arriba el pie derecho de Kazumi. Antes de que pudiera percatarse de lo que sucedía, el samurái estaba desmontado, yacía con la espalda contra el suelo y la afilada hoja del *tachi* apuntaba a su cuello.

–*Ié! Ié!* –gritó Nyogen, que había contemplado toda aquella escena sucedida en apenas unos instantes–. ¡No le hagas daño, *dorei,* no le hagas daño!

El *dorei* dirigió la mirada hacia su amo y dio un par de pasos hacia atrás, los suficientes como para que Kazumi pudiera pensar que no iba a matarlo, pero no tantos como para que se creyera fuera de peligro.

–*Dorei!* –siguió gritando Nyogen–. ¡No lo toques! Es... es mi señor... es mi señor y yo soy el tuyo... O... obedece...

El *dorei* reprimió una sonrisa. Su amo siempre había sido un hombre dotado en apariencia de una sangre fría imposible de alterar. Ahora, sin embargo, nadie hubiera negado que estaba bajo una hondísima preocupación.

–¿Qué clase de *dorei* eres? –preguntó con una mezcla de estupor e ira Kazumi–. ¿De dónde procedes?

–Kazumi-san –gritó Nyogen abrumado por el sentido de que debía evitar la desgracia–. No puede hablar... Es mudo... Tú... tú me lo regalaste...

El samurái frunció los ojos intentando comprender lo que gritaba Nyogen. De pronto, sus párpados se abrieron para dejar paso a unos ojos desmesuradamente abiertos. *Hai, hai,* claro que lo recordaba. *Hai,* acababa de llegar hasta su mente incluso el momento exacto en el que, por pura codicia, había decidido reducir la recompensa debida a aquel samurái extraordinariamente aguerrido limitándola a un *dorei* que le había parecido desprovisto de valor. Podía haberle hecho entrega de un *tachi,* de un caballo, de un *yari.* Pero no. Había preferido que todo quedara en sus manos y que su peculio no se viera mermado por un obsequio. Al azar le había entregado aquel *dorei...* No había estado bien, era cierto, y ahora estaba pagando las consecuencias de aquel acto vil.

–¿No puedes decir una sola palabra? –preguntó al *dorei* sin esperanza de que le respondiera.

–Apártate de él y deja el arma –ordenó con voz calmada Nyogen, que había llegado ya al lugar donde se encontraban Kazumi y su prodigioso adversario.

Pero el *dorei* no parecía dispuesto a obedecer. Sin apartar la mirada del vencido dijo:

–*Watashiwa* Fan.

Y los dos samuráis supieron que el *dorei,* que había demostrado ser un hombre excepcional, además entendía y hablaba su lengua.

II

EL LIBRO DE LA LUZ

DEL LIBRO DEL DOREI

Ha quedado dicho en las enseñanzas del Único que merece honra en el universo:

Decid la verdad en todas las circunstancias, pero no arrojéis la verdad delante de los cerdos, porque no son capaces de apreciarla. El hacerlo no os reportará ningún beneficio y puede provocar su cólera. No lo paséis por alto.

Pedid al Único y recibiréis. Llamad a la puerta y se os abrirá. Porque cualquiera que pide algo con sinceridad al Único Espíritu Sagrado lo recibirá.

Llamad y la puerta se abrirá.

Pero si no recibís lo que pedisteis, o la puerta no se abre, se debe a que no pedisteis lo que os conviene.

Porque si pides comida a tu padre, tendrás comida. Pero si le pides una piedra perderás el tiempo y nunca te la dará porque no te conviene.

Porque si le pides pescado a tu padre, lo recibirás. Pero si le pides una serpiente, te envenenarías, así que no te la dará.

Si la gente común y corriente toma decisiones como ésa porque te quieren, ¡cuánto más lo hará tu Padre, el Compasivo!

NYOGEN

I

Kazumi-san, no le hagas nada. Es un *dorei* ignorante.

Kazumi contempló a Nyogen. Acababa de hincarse de hinojos ante él y con las manos extendidas suplicaba que perdonara la vida al único hombre que había logrado vencerlo en su más que dilatada carrera de samurái. Un sujeto que, por añadidura, era un bárbaro y además un *dorei*.

–Kazumi-san, ha salvado mi vida cuando la fiera me atacó –prosiguió con voz temblorosa Nyogen sin atreverse a levantar los ojos del suelo–. Es un pobre *dorei* que debió de pensar que ibas a hacerme daño y lo único que ha hecho ha sido defenderme... como era su deber. Te lo ruego, Kazumi-san, no le causes mal alguno.

Kazumi lanzó una mirada rebosante de cólera sobre el samurái.

–Toma... toma mi vida si así lo estimas conveniente –dijo Nyogen sin atreverse a levantar los ojos–. Hazlo si ésa es tu voluntad, Kazumi-san.

Por unos instantes, un silencio espeso, similar a la niebla densa que vestía achatada la colina de opacidad sobre la que estaba asentada su casa, descendió sobre los tres hombres, la pieza cobrada y la fiera abatida. Nyogen habría deseado en aquellos momentos haber sufrido la suerte de los animales, pero sabía más que sobradamente que no le sería dado escoger su destino, que éste sobrevendría como estuviera marcado le gustara o no; y que lo único que podría hacer sería enfrentarse con él de la manera más digna y honrosa.

Kazumi observó a los dos hombres. Si lo que decía Nyogen era cierto –y no existía razón alguna para pensar lo contrario–, en estos momentos basculaba sobre él un *on* íntimamente ligado al *dorei*. Le había salvado la vida y, por lo tanto, le estaba prohibido causarle el menor daño. Sin *on*, el propio Nyogen lo hubiera matado por enfrentarse con su señor; con *on*, antes se quitaría la vida que alzar un solo dedo contra él.

Claro que, como samurái, Nyogen también tenía un *on* hacia Kazumi-san... De acuerdo con ése, podía optar por darse muerte para lavar la deshonra de tener un *dorei* que se había enfrentado con éxito a su señor. Conociendo a Nyogen, ejecutaría tal acto recurriendo al *se-puku*, es decir, abriéndose el vientre a la espera de que su mejor amigo lo decapitara al mismo tiempo. Semejante solución resultaría correcta aunque, en ese caso, tanto el colaborador de Nyogen en la tarea de arrancarse la vida como los conocidos de éste acabarían sabiendo que la decisión arrancaba del hecho de que

Kazumi había sido vencido por un *dorei* bárbaro. Llegados a ese punto, Kazumi no tenía la menor duda de lo que acontecería a continuación. Él mismo quedaría deshonrado, sería el hazmerreír de sus semejantes, se vería obligado a su vez a cometer *se-puku*...

Kazumi lanzó una última mirada, rebosante de resentimiento, sobre Nyogen y su *dorei*. Luego, tras emitir un gruñido desagradable, se dirigió hacia su caballo. Recogió las riendas, las pasó por encima del pescuezo del animal y montó con extraordinaria agilidad. Finalmente, picó con energía los flancos del bruto, que se removió agitado.

–Márchate, Nyogen-san –dijo con la rocosa firmeza que se derivaba de una inapelable autoridad ejercida durante décadas, e, inmediatamente, temeroso ante la idea de que su subordinado pudiera darse muerte, añadió:

–Ya te diré lo que debes hacer.

Nyogen escuchó, sin moverse un ápice, cómo el corcel de su señor se apartaba al galope del lugar en que se encontraba. En él, dos animales habían hallado la muerte y dos samuráis se habían enfrentado con el hecho de que, en cualquier momento, deberían correr un destino no mejor al de la fiera si deseaban sobrevivir a la deshonra.

Ni el *dorei* ni el samurái despegaron los labios durante el prolongado camino de regreso. Para Nyogen, el universo, hasta ese momento caracterizado por la armonía, se había convertido repentinamente en un lugar de confusión y pesar. Para Fan, hasta ese momento un *dorei* mudo e inútil, todo había cambiado hasta el punto de que resultaba obvio que era mucho más importante de lo que le habían considerado hasta entonces, pero esa circunstancia no le garantizaba ni siquiera un instante de una existencia mejor a la que había vivido hasta ahora.

Cuando, al fin y a la postre, las tinieblas espesas se apoderaron de una adormilada tierra, Nyogen no pudo evitar pensar que el ser tragado por ellas resultaría un destino envidiable, mientras que Fan no acertó a saber si debía o no encender una tea que iluminara su camino. Optó en última instancia por la primera opción porque hubiera resultado el colmo de los males encontrarse con otra fiera, caer en un barranco o facilitar la tarea de algún bandolero que sólo les hubiera atacado desconocedor de la circunstancia de que uno de ellos era un samurái.

Así, llegaron a la rechoncha colina en cuya cima achatada estaba asentada la casa de Nyogen. Intentaba mantenerse Fan a la altura de su amo, pero éste, como si pensara que podía encontrar alguna paz si concluía cuanto antes su camino de amargura, picó con energía los flancos del caballo y emprendió una subida que le separó del *dorei* en unos instantes.

Le siguió Fan sin apresurarse y, cuando llegó a la aplanada cumbre, observó que su amo, sin encender luz alguna, había desaparecido en el interior de la casa. Bien, se dijo, quizá fuera mejor, pero ahora no era el momento de preocuparse. Se lavó, elevó una sentida plegaria de agradecimiento a *Shang-di* y se dispuso a dormir. No era poco prodigio que aún estuviera vivo después de todo lo que había sucedido en las últimas jornadas. Antes de apoyar la cabeza en el suelo, Fan ya estaba durmiendo a pierna suelta. Mantendría ese estado a lo largo de toda la noche.

El samurái no pudo evitar un respingo al despertarse. En realidad, fue su olfato, adiestrado en mil combates, el que le había avisado. Porque lo cierto es que, a pesar de su dilatada experiencia, no había percibido en ningún momento la llegada del *dorei* hasta su lado. Tampoco se había enterado de cómo aquel personaje desconcertante colocaba ante sus mismas narices un plato. Se reincorporó y frunció los ojos extrañado por el panorama que se extendía ante él.

Se trataba, obviamente, de una fuente con arroz y verduras, pero la disposición de los modestos componentes resultaba, como mínimo, peculiar. Estiró la diestra y tomó, con enorme soltura, los palillos. Luego acercó los cubiertos al plato y cogió algo de comida que se llevó a la boca. Paladeó durante un instante lo que había preparado el *dorei*, y luego, sin poderlo evitar, volvió a llenarse la boca con la comida una vez y otra y otra más, y a medida que lo hacía, sentía una mayor avidez.

Así, terminó el arroz y las verduras con la sensación de haber saboreado un platillo increíblemente delicioso, tanto que incluso le resultó difícil no experimentar un cierto sentimiento de culpa. ¿Cómo podía degustar algo tan lujoso después de lo sucedido el día anterior?

Aunque, bien pensado, ¿realmente había algo de extraordinario –y por ello impropio– en lo que acababa de devorar? A decir verdad, no. De hecho, hasta donde había podido discernir todo se había limitado a una mezcla de arroz con verduras... A punto estuvo de llamar al *dorei* y preguntarle, pero en ese momento reparó en que sería mejor dejarlo para otra ocasión.

Rescató un par de granos de arroz solitarios que estaban agazapados en el fondo del tazón. Ciertamente, deliciosos... Desde luego, ¿quién hubiera podido imaginar lo que había sucedido en las últimas horas? Por supuesto, Kazumi no había pretendido obsequiarle nada de valor. De eso ahora no tenía duda, pero, a pesar de la avaricia (sí, avaricia) de su amo, los *kami* habían sido generosos. Nadie hubiera pensado jamás que aquel bárbaro valiera lo que un *tachi* recién forjado, o incluso una mula o un *yari.* Y sin embargo... sin embargo, si ahora respiraba se lo debía a él.

Nyogen reparó entonces en que, a pesar de haber contado con los servicios del *dorei* durante más de dos años, no sabía prácticamente nada de él. Por supuesto, era cierto que había dado por supuesto que desconocía su lengua, pero... pero, aunque se hubiera expresado con una mínima inteligibilidad, nunca se le hubiera ocurrido dirigirse a él para algo distinto al hecho de cursarle órdenes.

Pero ¿por qué tendría que haberlo hecho? ¿Acaso no era un *dorei*? Peor todavía, ¿acaso no se trataba de un bárbaro que había llegado hasta las costas de su país con la intención de someterlos? Sí, eso es lo que era y por eso no hubiera tenido explicación lógica ni justificación alguna el dirigirle la palabra más que para hacerse obedecer.

¿Dónde estaba la explicación de su actitud? ¿Por qué le había salvado? ¡Había arriesgado la vida con aquella fiera! Si tan sólo se hubiera mantenido apartado, si hubiera permitido que la bestia lo despedazara... nadie le habría echado nada en cara, nadie le habría culpado... Pero había decidido ayudarle y eso le había salvado... cargándole a él con un *on* insoportable.

Se llevó la diestra a la boca y se tironeó de los labios como si un movimiento tan trivial pudiera ayudarle a ordenar sus pensamientos cada vez más agolpados y confusos. Y no se trataba únicamente de su comportamiento... *Ié, ié,* además estaba la cuestión de... de ¿cómo decirlo? ¿Su conocimiento? ¿Su habilidad? ¿Su... sabiduría?

Quizá sólo los *kami* tenían una respuesta.

DEL LIBRO DEL DOREI

Ha quedado dicho en las enseñanzas del Único que merece honra en el universo:

No te preocupes de lo que puedan pensar otros, más bien adora al Único Espíritu Sagrado. Entonces el Único se te hará visible, y adorarás únicamente al que es Único.

No dudes cuando hagas oración. Pide, en primer lugar, perdón por tus pecados y, al mismo tiempo, perdona a aquellos que han pecado contra ti. El Gobernante celestial te perdonará de la misma manera que tú perdonas a los demás.

Y si tienes un tesoro, no lo almacenes en esta tierra donde puede corromperse o te lo pueden robar. Más bien, ofréceselo al cielo, donde ni se pudrirá ni te lo quitarán.

NYOGEN

II

En realidad, ¿quién eres? –preguntó el samurái.

El *dorei* guardó silencio por un instante antes de dar una respuesta. Hubiera deseado contestar de una manera lo suficientemente adecuada como para evitar cualquier complicación. Sin embargo, a decir verdad, no se le ocurría nada. En realidad, su atención parecía atrapada por trivialidades justo en el momento en que menos podía distraerse. Los pájaros que piaban de frío, el aire gélido entrando por la mal cortada ventana, el choque del viento contra el papel y la madera de escasa calidad con que estaban formadas las paredes irregulares... verdaderamente, qué mal construían aquellos hombres de Nihon. De repente, dio un respingo. No podía distraerse. Tenía que escoger la respuesta más prudente, la más adecuada, la más pertinente.

–No tiene mucha importancia, Nyogen-san... –comenzó a decir finalmente el *dorei.*

–Seré yo quien juzgue si la tiene o no –cortó Nyogen con

sequedad–. De momento, limítate a responder a mis preguntas.

El *dorei* respiró hondo aunque procurando que su gesto no pudiera ser interpretado como una muestra de falta de respeto, a pesar de que era para preguntarse cómo se podía respetar a gente que parecía incapaz de construir una casa en la que la gente no se helara. Y además en lo alto de aquella loma donde el viento parecía complacerse en azotar a hombres y a bestias.

–Mi nombre es Fan –comenzó a decir con voz tranquila en un esfuerzo acusado por concentrarse–. Soy un *zhon guo ren* y sirvo... he servido al Gran Jan desde hace años.

–¿Eres un guerrero? –preguntó Nyogen.

–*Ié* –respondió Fan, que tuvo que reprimir una interjección al ver cómo un pajarillo se desplomaba de frío desde una rama del árbol que se recortaba al otro lado de la ventana.

–Pero venías con la expedición... –musitó Nyogen reflexionando más para sí que formulando un reproche a su interlocutor.

–*Hai,* Nyogen-san –dijo el *dorei*–. Era el encargado de utilizar las... las máquinas.

–¿A qué máquinas te refieres? –indagó extrañado el samurái a la vez que se servía un poco de té humeante en un tazón de barro.

–Son máquinas para conquistar ciudades –respondió Fan al mismo tiempo que percibía un leve arañazo de nostalgia recorriéndole el pecho. También había existido una época en la que él podía permitirse el pequeño pero placentero deleite de tomar un té helado cuando soplaba el viento caliente contra los muros, eso sí, mejor levantados, de su morada.

–*Lakarimasen* –dijo confuso el samurái y, como si pudiera ayudarle, sopló sobre la superficie humeante del té.

–*Hai,* no es fácil –reconoció el *dorei* sin poder apartar la vista del tazón–. Verás, Nyogen-san, cuando las tropas enemigas son derrotadas, casi siempre queda gente que desea seguir combatiendo. Ya no son suficientes para formar un ejército, y entonces se encierran en las ciudades con la intención de resistir. No pueden conseguirlo porque las máquinas destruyen los muros. *Lakarimaska?*

–¿Son ésas las máquinas que usasteis en Hakata? –preguntó el samurái mientras se llevaba el tazón de té a los labios. No era bueno, era cierto, pero no tenía para comprar otro mejor–. ¿Las que explotaban?

–*Ié,* Nyogen-san –respondió el *dorei*–. Lo que viste entonces eran artefactos mucho más sencillos que contenían *huo yao.* Mis máquinas tienen mucha más potencia.

Nyogen guardó silencio. Ignoraba lo que era ese *huo yao,* pero si las máquinas eran todavía más poderosas... Apuró el contenido del tazón, lo depositó en el suelo y volvió a servirse.

–No creo que ésa sea manera de combatir –dijo al fin el samurái mientras depositaba el tazón sobre una bandeja que reposaba en el mal pulido suelo de madera–. Los hombres no pelean. No se enfrentan entre sí. No recurren al valor. Son... son sólo máquinas.

–Quizá tengas razón, Nyogen-san –reconoció el *dorei* a la vez que reprimía un escalofrío–, pero para el comandante de un ejército lo importante debe ser conseguir sus objetivos y, a la vez, salvar el máximo de vidas de sus hombres...

–¿Y el honor? –le interrumpió airado el samurái antes de beber un nuevo sorbo del líquido caliente que dormía en el fondo del tazón–. ¿Dónde queda el honor? ¿Acaso la vida de hombres corrientes, de campesinos sin valor, es más importante que la honra que siempre debe acompañar a la lucha?

Fan decidió guardar silencio, pero hubiera deseado decirle a su amo que, por supuesto, la existencia de aquella gente sencilla y con familia tenía mucha más importancia que el orgullo de cualquier guerrero, y que, además, en nada hubiera rebajado su honor el permitirle beber algo de aquel brebaje caliente.

–¿Cómo aprendiste a manejar el *tachi* si no eres un guerrero? –preguntó inesperadamente Nyogen mientras orientaba su mirada hacia el burdo dibujo que había en un lado de la taza.

–En Zhon guo hay algunas personas que aprendemos a usar armas sin necesidad de ser guerreros –respondió el *dorei*, preguntándose si acaso era la primera vez que su dueño contemplaba el espantoso adefesio pintarrajeado en el recipiente del té–. Es una manera como otra cualquiera de mantener la agilidad y la salud.

–¿También aprendiste a cocinar por salud? –preguntó alzando los ojos el samurái, que no podía dar crédito a lo que estaba oyendo.

–En cierta medida –respondió Fan–. Es muy importante saber lo que comemos y también prepararlo de la manera más adecuada. Tú, Nyogen-san, comes muy mal.

En otras circunstancias, el samurái hubiera depositado calmadamente el tazón en la bandeja y, acto seguido, habría abofeteado con todas sus fuerzas a alguien que se hubiera atrevido a decir algo semejante a lo que acababa de salir de los labios del *dorei*. Sin embargo, en aquellos momentos se sentía tan invadido por el estupor y la confusión que ni siquiera se sintió ofendido.

–Los *zhon guo ren* siempre hemos destacado por nuestro dominio del arte de cocinar. Algunos dicen que si hubiéramos combatido igual que cocinado el abuelo del Gran Jan nunca hubiera podido conquistar Zhon guo. A propósito, lo que te preparé esta mañana no es gran cosa, aunque me atrevería a decir que supera lo que comes habitualmente...

Nyogen controló la ira que pugnaba para salir por las yemas de sus dedos destrozando el tazón que sujetaban, y observó a su *dorei*. ¿Qué clase de hombre era aquel que estaba a unos pasos de él, semidesnudo y hablándole sobre una forma de hacer la guerra innoble y, al parecer, eficaz, y de la necesidad de preparar la comida de una manera distinta?

–¿Te has dedicado a observar cómo usamos el *tachi*? –preguntó el samurái.

–*Hai,* Nyogen-san –respondió el *dorei*.

–No es igual que la que tú conoces...

–*Ié,* Nyogen-san –dijo Fan–. En realidad, tu manera de combatir me resulta... me resulta un poco limitada. Es cierto que pone de manifiesto valor, un enorme valor, pero...

–Retírate, *dorei* –le interrumpió el samurái.

Contempló cómo Fan hacía una ceremoniosa reverencia y luego se alejaba. Esperó a que desapareciera de su vista y se acercó a un armarito bajo y lacado que reposaba sobre el mal pulido suelo de madera. Abrió una de las recortadas puertecitas y extrajo un tazón diminuto, pero de mejor calidad que el que le había servido para tomar el té, y un jarrito alargado de boca redonda y estrecha. Eran de baja calidad, aunque mucho mejores que los que hubieran podido encontrarse en el hogar modesto de un campesino. Depositó primero el recipiente sobre la superficie superior del armarito y luego escanció un líquido incoloro y de aroma fuerte.

Se acercó el tazón a la cara, cerró los ojos e inhaló con fuerza. Sus modestas rentas le permitían beber sólo de tarde en tarde y por eso intentaba aprovechar cada sorbo todo lo que podía. Primero, lo olía como si estuviera en sus manos guiar el espíritu del licor hasta la garganta pasando por las ventanas de la nariz; luego, lo acercaba a los labios y se los humedecía levemente. Así prolongaba el placer que, por necesidad, sólo se podía permitir de tarde en tarde.

Sin embargo, esta vez Nyogen no actuó como siempre. Consumió de un solo trago el líquido y sintió el ardor descendiéndole por la garganta y caldeándole el pecho, y luego las lágrimas que se le saltaban.

Tan sólo un día antes, todo su mundo estaba en orden. Aunque carecía de fortuna y de grandes posesiones, su señor lo había invitado a una cacería importante y todo el mundo reconocía su honor. Cada mañana buscaba la luz, se alimentaba de lo que poseía y avanzaba en el dominio del *tachi*. Por lo que se refería a su *dorei*, tan sólo era un bárbaro sumiso.

Ahora... ahora nada era igual. Sobre él había recaído un *on*, un *on* que le ligaba a un *dorei* y que le impedía complacer a Kazumi-san. ¿Cómo podía escapar de aquella situación? Seguramente, Kazumi-san sólo volvería a demostrarle su afecto y respeto si ejecutaba a ese extranjero que decía llamarse Fan. Pero ¿cómo podía privar de la vida a quien le había librado precisamente de la muerte? ¿Cómo podía incurrir en una acción tan despreciable por estar teñida por el sucio color de la ingratitud?

Depositó el tazoncillo sobre el pulido armario y, a continuación, abrió otro de los cajones, de cuyo interior extrajo un rollo de color blanco. Lo abrió lentamente para poder observar, poco a poco, casi como si la paladeara, la pintura polícroma que albergaba en su interior. Se trataba de un paisaje alargado que comenzaba con unas nubes redondas y blancas que rozaban las grises cumbres de unas montañas escarpadas y, sin embargo, adornadas de una extraña belleza; para luego descender hasta la corriente serpenteante de un arroyo negriazul. Nunca en su vida había contemplado Nyogen un lugar como aquél, pero desde que había adquirido la pintura se había dicho que los *kami* le acabarían concediendo una merced semejante. Ahora, es cierto, no creía que fuera ya posible, mas ansiaba poder contemplarlo por última vez. Desplegado, lo dejó sobre el suelo de madera en un lugar desde el que podía abarcarlo por completo con la vista.

Acarició los bordes irregulares de la pintura y, acto seguido, abrió otro cajón del achatado armarito. Lo que ahora extrajo era un objeto bien distinto del rollo, del jarro y del tazoncito. Se trataba de una daga cuyo mango alargado estaba confeccionado con una madera sobriamente trabajada. Carecía de dibujos o de grabados, pero aun así muy pocos se habrían atrevido a negar que estaba dotada de una belleza peculiar, la belleza que nace, única y exclusivamente, de la sencillez.

Desenfundó la daga y con la yema del índice recorrió el filo de la hoja. *Hai,* serviría magníficamente para el cometido que Nyogen deseaba encomendarle. Aquella hoja penetraría en su vientre con facilidad, destrozándolo y arrancándole el *qi.*

Con gesto decidido, el samurái se sentó erguido sobre los talones, desató el cordón que le abrochaba el kimono y dejó al descubierto el *hara.* A continuación, apoyó el extremo afilado de la hoja desnuda en el lugar exacto donde el final del esternón se une con el vientre. Ahora sólo tenía que hundirla con decisión, realizar un movimiento perpendicular y salvar con la muerte los inesperados problemas que, similares a un terrible *tai-fún,* habían irrumpido en su vida.

DEL LIBRO DEL DOREI

Ha quedado dicho en las enseñanzas del Único que merece honra en el universo:

La gente piensa que hay dos cosas importantes bajo el Cielo. La primera es Shang-di *y la segunda es el dinero. Si no tienes dinero, no podrás disponer de alimento o ropa. La ansiedad que sientas por tu familia se apoderará de ti igual que si fueras un niño al que asaltaran los ladrones y que se viera invadido por la angustia que deriva del deseo de estar seguro.*

Yo os digo: buscad una sola cosa. Sólo existe un Espíritu sagrado que perdona todo, y si necesitáis ropa, se ocupará de que estéis vestidos. No os preocupéis por esas cosas. El Único sabe lo que necesitáis.

En última instancia, todo pertenece al Único Espíritu Sagrado y se os proveerá en su momento adecuado de comida, bebida o ropa.

Observad las aves. No plantan ni siegan, ni tampoco tienen casas por las que preocuparse. No trabajan pero reciben alimento y agua y nunca se preocupan por lo que se van a poner, porque el Único se preocupa de ellas.

Vosotros sois más importantes que las aves, así que ¿por qué os preocupáis?

NYOGEN

III

Sintió cómo le aferraban la muñeca, cómo oprimían su codo, cómo le torcían el brazo y a continuación, con enorme suavidad, le quitaban la daga de la mano. Casi antes de que pudiera darse cuenta de lo que estaba sucediendo, su mano estaba completamente desnuda y su posibilidad inmediata de darse muerte se había desvanecido como el humo.

–*Ié, ié* –escuchó que decían a su espalda–. Tu cabeza no está bien...

Sin levantarse, giró sobre sus talones y se volvió hacia el lugar de donde procedía la voz. El *dorei* sujetaba en una mano la daga y con la punta de los dedos de la otra se tocaba la sien como indicando que estaba loco. Pero... pero ¿cómo se atrevía?

–¿Quién te has creído que eres, perro? –gritó el samurái encolerizado, con una voz pastosa que denotaba el licor que había bebido–. Eres un *dorei*, un simple *dorei, lakarimaska?* ¡Un *dorei! Lakarimaska?*

Intentó ponerse en pie, pero el efecto del alcohol consumido se hizo notar en sus piernas y se percató de que tenía la cabeza pesada y de que los miembros no le respondían con la soltura que hubiera deseado. Respiró entonces con dificultad y gritó:

–¡Suelta ahora mismo lo que tienes en las manos! ¡No tienes ningún derecho a hacer lo que estás haciendo! ¡Suéltalo inmediatamente porque si no obedeces te mataré antes de quitarme la vida!

Fan miró a su amo mientras un torrente de compasión se apoderaba de su pecho. No le cabía la menor duda de que aquel hombre estaba sufriendo indeciblemente, pero ésa no le parecía razón para salir de esta vida. El sufrimiento forma parte sustancial del devenir humano y sólo tendría tan extravagante y perniciosa idea un cobarde o un ignorante, sólo el que teme o el que piensa que tiene derecho a privarse de la existencia que *Shang-di* otorga.

–Tú eres mi amo y mi deber es cuidar de ti, Nyogen-san –comenzó a decir con voz calmada–. No voy a permitir que te mates. No hay motivo para ello y además estás bebido. Cuando estés sobrio quizá podamos hablar de ello con tranquilidad.

Nyogen abrió los ojos horrorizado. ¿Hablar? ¿Sobre qué? ¿Realmente acababa de escuchar lo que creía o era sólo juguete de una cruel pesadilla? ¿Acaso era posible que un *dorei* le estuviera diciendo lo que debía hacer y arrogándose el derecho de intervenir en su vida? Verdaderamente, si el mundo estaba sufriendo esas transformaciones no le quedaba más remedio que destrozarse el *hara* con el extremo afilado de una daga y abandonarlo cuanto antes.

–Pero... pero ¿cómo te atreves? –acertó a balbucir–. ¿Quién te crees que...?

No terminó la frase. El *dorei* se inclinó levemente y dijo:

–Dos jinetes enviados por Kazumi-san acaban de llegar. Tienen un mensaje para ti. ¿Deseas recibirlos o prefieres que lo haga yo en tu nombre?

Nyogen guardó silencio sin saber qué decir. El efecto del alcohol se hacía más fuerte a cada instante que pasaba y él se sentía como una ramita débil y arrastrada por una poderosa corriente.

–Si te parece, Nyogen-san –continuó el *dorei*–, les diré que esperen y mientras tanto puedo prepararte un baño para que te despejes. No es correcto que los recibas de esa manera.

Fan hizo una ceremoniosa reverencia y se encaminó hacia la salida de la habitación llevándose la daga. En otro tiempo, Nyogen se habría puesto en pie de un salto, habría perseguido al *dorei*, le habría arrancado el arma de las manos y lo hubiera cosido a puñaladas en castigo más que justo a su insolencia. Sin embargo, ahora el estupor era superior a cualquier sentimiento que hubiera podido abrigar en épocas que le resultaban inmensamente lejanas. Instintivamente, se acercó la manga del kimono al rostro y rompió a llorar.

El baño caliente le relajó un poco, pero no consiguió librarle un ápice de la angustia opresiva que sentía. Era como si un animal gigantesco se le hubiera posado sobre el pecho y, amén de inmovilizarlo, le estuviera absorbiendo todo el *qi* de que dispusiera, hasta el punto de convertirlo en un despojo exangüe.

Al entrar en la habitación donde le esperaban los enviados de Kazumi, éstos se inclinaron ante él respetuosamente, lo que le infundió un cierto ánimo. Al menos, aquellos dos hombres no sabían nada de la deshonra que había recaído sobre él...

–Nyogen-san –dijo uno de ellos–, Kazumi-san te envía este mensaje. Es urgente y te ruega que respondas en el acto.

Nyogen tomó el rollo que le tendía el enviado y, procurando ocultar su emoción, rompió el sello y lo desplegó. Esforzándose para que no le temblaran las manos, deslizó la mirada por aquellos caracteres especialmente bien trazados. No era el momento para ese tipo de reflexiones, pero no pudo dejar de pensar que quien había escrito la misiva tenía un dominio no escaso de la caligrafía e inmediatamente se dijo que no podía haber sido Kazumi, sino, con seguridad, algún escriba a su servicio. Se mordió levemente el labio inferior, como si deseara castigarse por haberse permitido aquella intolerable distracción, y, a continuación, dijo:

–Decid a Kazumi-san que partiré inmediatamente.

Una sonrisa de satisfacción afloró en los rostros de los recién llegados, que se inclinaron ceremoniosamente.

–*Hai,* así se lo diremos. ¿Nos permites retirarnos?

–*Hai,* podéis marchar –respondió Nyogen.

Desde una de las ventanas de la casa frágil y mal construida, contempló cómo los inesperados mensajeros se alejaban a galope tendido. Era obvio que tenían mucha prisa y, con seguridad, el haber tenido que esperar a que él estuviera presentable se había convertido para ellos en una dilación que ahora intentaban subsanar. Tampoco él podía permitirse ningún retraso. Debía marchar y debía hacerlo con aquel... hombre. Fan, había dicho que se llamaba. ¿Qué significaría Fan? En Nihon, tan sólo los samuráis tenían un nombre propio y el resto de los seres llevaban el de la actividad que desempeñaban, pero cualquiera sabía cuál era la costumbre en aquel lejano lugar del que procedía el *dorei*. Bien, daba igual. No tenía la menor intención de cambiar el respeto que sentía hacia las costumbres de su pueblo, por mucho que el mundo diera la impresión de haber enloquecido en las últimas horas. Sin duda, se trataba de un mal pasajero. Como si se encontrara en su mejor momento gritó:

–*Dorei!* ¡Ven inmediatamente!

DEL LIBRO DEL DOREI

Ha quedado dicho en las enseñanzas del Único que merece honra en el universo:

Todo lo que será hecho y todo lo que se sabrá es aquello que el Único Espíritu Sagrado desea.

Pero sólo existe un Camino Verdadero por el que debe caminar la gente. Si no lo transita las consecuencias resultarán terribles. ¿Acaso podría resultar de otra manera?

Si en vez de utilizar un puente que cruzara sobre las aguas arremolinadas de un río, uno se zambullera en la corriente incontenible, ¿acaso sería de extrañar que se ahogara y se perdiera?

Si en vez de acercarse al fuego para calentarse, uno se arrojara a las llamas, ¿acaso sería de extrañar que se abrasara y se perdiera?

Si en vez de pisar el suelo para caminar, uno se enterrara totalmente en la tierra, ¿acaso sería de extrañar que se asfixiara y se perdiera?

Si en vez de respirar el aire para introducirlo en nuestro cuerpo, uno cerrara la boca y la nariz, ¿acaso sería de extrañar que se ahogara y se perdiera?

En todos y cada uno de los casos, sólo seguimos el camino adecuado respecto al agua, al fuego, a la tierra y al aire. Y si lo abandonamos nos sobreviene la desgracia. ¿Por qué debería suceder algo distinto en relación con el camino más importante, el trazado por el Único?

NYOGEN

IV

La ciudad le pareció a Fan de una modestia extrema, algo así como una versión urbana de la mal construida casa en la que vivía su amo. En Zhon guo, la población hubiera podido ser el ámbito donde rigiera un noble de nivel medio, poco más, ciertamente. Sin embargo, aquí, en Nihon, era ni más ni menos que la capital. Sin duda, esa circunstancia le confería un relieve innegable, pero si se comparaba con cualquiera de los enclaves donde el Gran Jan acostumbraba a vivir en distintas épocas del año –como Shang-tu sin ir más lejos– resultaba difícil no pensar que aquel pueblo estaba formado por *ye man*.

A lo largo de su viaje, todo lo que había tenido ocasión de contemplar le había parecido extraordinariamente pequeño. No se trataba de la pobreza, porque en esa indigencia había vivido durante los últimos años sin que le causara pesar alguno. No, se trataba de algo diferente. En realidad, lo que estaba en cuestión era la manera concreta en que aquellos peculiares hombres de Je-pen-kuo concebían los espacios y su distribución. En Zhon guo, se buscaba siempre lo amplio, lo ancho, lo extenso, lo majestuoso, en una palabra. Sin dilatadas avenidas, sin enormes explanadas, sin inmensos patios, sin extraordinarios jardines, no era posible concebir la grandeza. Pero aquí, en Nihon, parecía, por el contrario, que se buscara el contraste entre la miseria y la pequeñez. Por un lado, estaba –como en todas partes– la escasez, que era terrible entre los humildes (y que quizá explicaba incluso lo mal que podía comer un samurái); pero, por otro, no aparecía la magnificencia, sino una suma inconexa de pequeños detalles que parecían complacerles sobremanera. El cultivo cansino de árboles raquíticos, la búsqueda inacabable de una flor perfecta, el regular dibujo caligráfico de una pared y otras cosas semejantes parecían colmar sobradamente sus ansias de belleza. Quizá, acabó diciéndose, con tanta fealdad el contraste era mayor y eso les provocaba una enorme satisfacción.

Les alojaron en un ala de un edificio medio que –mucho se temía– podía ser la residencia más importante de la ciudad. Sin embargo, a decir verdad, contaba con una sola planta, con jardines escuálidos en los que las raíces hambrientas de algunos árboles aislados se peleaban por un suelo escaso, y con fuentecillas enanas bien diferentes e inferiores de cualquier estanque modesto de Zhon guo. Cuanto más lo pensaba, más seguro estaba de que aquella gente se beneficiaría enormemente de una alianza con el Gran Jan y –deseaba creerlo– quizá esa eventualidad no se encontraba tan lejos.

Su taciturno amo apenas había despegado los labios durante el viaje, pero aun así no había dejado de informarle de que el Gran Jan había enviado una nueva embajada al *kotei* y de que, a sugerencia de Kazumi-san, tenía un enorme interés por que él, su *dorei,* actuara como intérprete. Dedujo Fan de lo anterior que Kazumi-san había sopesado los pros y los contras y, al menos de momento, había llegado a la conclusión, primero, de que él era persona de cierta relevancia y, segundo, de que, hubiera pasado lo que hubiera pasado, contribuiría a su honra aprovechar sus conocimientos para promocionarse ante el *kotei.* En otras palabras, contaba con el silencio de Nyogen-san y con el suyo.

Al llegar a ese punto de su razonamiento, no pudo el *dorei* evitar un suspiro porque, si sus deducciones eran correctas, había que llegar a la conclusión de que entre los samuráis no todos cumplían puntillosamente el código de honor y mientras que algunos, como su amo, estaban dispuestos a quitarse la vida para alejarse de lo que consideraban un fracaso, otros, si estaba en su mano, preferían mirar hacia otro lado como si nada hubiera sucedido. En ese aspecto, al menos, había que reconocer que no existía mucha diferencia entre un samurái y un funcionario del Gran Jan. Como no era tampoco de extrañar, los más descuidados parecían tener una habilidad especial para ascender, mientras que los más puntillosos, tarde o temprano, salvo que destacaran por una especial sabiduría o se vieran sonreídos por el destino, acababan corriendo un mayor riesgo de dar con situaciones que provocaban confusión y sufrimiento. Sin duda, ése era el caso de su amo. Soberbio, digno y pobre, y –aunque él no lo supiera– desprovisto de la posibilidad de ascender en aquel complicado edificio que formaban los que servían al *kotei*.

En el curso de los años anteriores, años dedicados a una observación silenciosa y constante, Fan se había percatado vez tras vez de cómo Nyogen parecía obtener una cierta fuerza de esa clase de meditación que practicaba por las mañanas. Nunca había terminado de desentrañar en qué consistía exactamente, pero era obvio que su amo se calmaba, se sosegaba y después parecía realizar con más soltura las tareas cotidianas. Sin embargo, por lo que le había parecido, en los últimos días, ni siquiera aquel socorrido recurso había funcionado.

Por el contrario, bastaba observar el movimiento de sus ojos ocultos tras la impenetrable cortina de los párpados para darse cuenta de que la paz, o lo que fuera, se había escapado del corazón del samurái dejando lugar a la inquietud, una inquietud que o mucho se equivocaba Fan, o se hallaba estrechamente ligada con la culpa y con la vergüenza.

Sabía sobradamente el *dorei* que la culpa no puede negarse, si acaso ocultarse o expiarse. A fin de cuentas, no es sino una reacción del espíritu semejante a la que experimenta el cuerpo al acercarse peligrosamente al fuego. La quemadura no es mala en sí, por el contrario, protege a los miembros de perecer abrasados por el efecto de las llamas. Algo similar acontecía, a su juicio, con la culpa. Señalaba el camino por el que no debería transitarse e indicaba que el espíritu andaba camino de ocasionarse heridas que urgía curar. Precisamente por eso, el que negaba la culpa era un necio, semejante al que hubiera pasado por alto que el fuego le quemaba y se hubiera empeñado en seguir cogiendo las llamas con las manos desnudas.

Fue la convicción de que su amo estaba sufriendo de una manera indecible la que impulsó a Fan a romper una vez más la discreción con la que se había resguardado durante los últimos años y a atreverse a dirigirse a él.

–Nyogen-san –le dijo, apenas el samurái abrió los ojos después de uno de sus ejercicios cotidianos de meditación–. ¿Acaso podría ayudarte?

El samurái abrió los ojos estupefacto. ¿Había oído bien? Si ése era el caso, ¿qué era lo que estaba sucediendo últimamente? ¿Acaso iba a terminar viendo peces que surcaban volando el firmamento y aves que navegaban bajo el agua?

–*Dozo*, discúlpame, Nyogen-san –continuó el *dorei*, al parecer sin que le importara gran cosa el estupor que cubría a su dueño–, pero sospecho que la paz ha huido de tu espíritu y que tus meditaciones no te ayudan a recuperarla. Quizá si me dijeras qué buscas en ellas, podría serte de utilidad...

El primer impulso del samurái fue abofetear a su *dorei* con todas sus fuerzas. *Ié*, abofetearlo... *ié*, mejor azotarlo. Azotarlo una y otra vez hasta que de aquella cabeza intolerablemente ancha y plana saliera tanta osadía y tanto atrevimiento, osadía y atrevimiento que habían amargado indeciblemente su existencia en los postreros tiempos. Al fin y a la postre, reprimió sus deseos, en primer lugar, porque Kazumi-san le había manifestado la utilidad que podía tener aquel *dorei* y, en segundo, porque no había dejado de sentir un pujo de curiosidad al escuchar la última frase.

Seguramente, la mejor manera de reprimir tan intolerable altivez como la que mostraba el *dorei* no sería recurrir a la violencia, por más justificada que estuviera, sino infligirle una humillación, *hai,* una humillación tan profunda, tan definitiva, tan absoluta, que le mostrara su inferioridad y que le devolviera de una vez a su sitio, a ese sitio que parecía empeñado en abandonar.

En el rostro del samurái se dibujó una sonrisa de satisfacción similar a la que se reflejaría en el dentado hocico de un felino avezado poco antes de precipitarse sobre su presa, en el supuesto de que las fieras disfrutaran de ese don. Luego se llevó con lentitud la diestra hasta el lóbulo de la oreja, se lo frotó con suavidad y, acto seguido, comenzó a acariciarse la cara como si estuviera reflexionando profundamente. Bien, tampoco era cuestión de aplastarlo rápidamente sumiéndolo en el desconcierto. Bastaría con mostrarle lo ignorante que era por mucho que cocinara el arroz con cierta gracia y que poseyera cierta soltura manejando el *tachi.*

–No sé, *dorei,* no sé... –comenzó a decir con fingida preocupación a la vez que movía la cabeza a uno y otro lado–. No sé si no resultará excesivo para ti...

–Ponme a prueba, Nyogen-san –dijo Fan con una sonrisa que invitaba a agradecerle su interés o a apalearlo hasta que aullara de dolor.

–Está bien, está bien –acabó diciendo el samurái como si se tratara de una concesión graciosa en lugar de una trampa cruel en la que esperaba que cayera estrepitosamente el *dorei*.

Luego clavó los ojos en Fan y, aparentando el candor más profundo que en el mundo ha sido, preguntó:

–Cuando se aplaude con ambas manos, se oye un sonido, pero ¿cómo suena la palmada dada con una sola mano?

DEL LIBRO DEL DOREI

Ha quedado dicho en las enseñanzas del Único que merece honra en el universo:

Existen diez leyes que debemos seguir y observar en el mundo y todas y cada una de ellas resultan útiles.

La primera es darse cuenta de que la gente envejece y enferma, y que nadie puede escapar de esas circunstancias.

La segunda es comprender que la familia a la que amamos también tendrá que marcharse de la misma manera que las hojas de un árbol caen durante el otoño.

La tercera es ver que algunos son grandes y poderosos, mientras que para otros la vida es breve, aunque puede ir acompañada de la gloria. Sin embargo, en todos y cada uno de los casos nada permanece.

La cuarta es descubrir que algunos son pendencieros y provocan a todos aquellos con los que se encuentran, mientras que otros explotan a los que son más débiles que ellos.

Pero, a fin de cuentas, tanto unos como otros pueden desplomarse muertos en un solo instante.

La quinta es considerar que hay miserables que no hacen nada salvo acumular riqueza, pero no pueden llevarse nada al morir.

La sexta es observar que hay personas obsesionadas con el sexo que no dejan de fantasear con lo que podrían disfrutar, pero no por ello evitan ni la frustración ni la depresión.

La séptima es captar que hay gente que gusta de beber alcohol y celebrar fiestas durmiendo en un estado tal en el que no saben lo que es real y lo que es un sueño.

La octava es comprender que existen seres que ven la vida como un juego sólo destinado a divertirlos sin darse cuenta de que esta actitud sólo agota el cuerpo y envilece el espíritu.

La novena es captar que algunos pasan de religión en religión buscando recibir la iluminación, pero acumulando tan sólo confusión.

Y la décima es ser conscientes de que hay algunos que creen, lo saben e incluso todos los captan así, pero, en realidad, no comparten nada y la verdad muere con ellos.

NYOGEN

V

Fan parpadeó sorprendido tras escuchar la pregunta que acababa de formularle su dueño. A decir verdad, habría esperado otro tipo de cuestión, una que estuviera relacionada con su pesar, con la manera de eludir la culpa, con la forma de soportar la incertidumbre... pero ¡eso! *Eso,* a ciencia cierta, no lo habría esperado jamás.

–Nyogen-san –dijo al fin–, ¿acaso podrías repetir tu pregunta a este *dorei*?

El samurái contuvo sus deseos de reír a carcajadas. ¡Cabezón inmundo llegado del otro lado del mar! Así que le resultaba difícil comprender la pregunta... bien, bien, iba a tener diversión para rato.

–*Hai, dorei, hai* –dijo Nyogen aparentando una inmensa zozobra–. ¿Acaso sabes cómo suena la palmada dada con una sola mano?

Fan dio unos pasos hasta colocarse frente a su amo y entonces, sin decir una sola palabra, extendió la mano derecha.

La quijada inferior del samurái se descolgó dejándole la boca abierta en un gesto de sorpresa. Hubiera esperado cualquier cosa –balbuceos, largos razonamientos, temblores...–, todo menos aquel gesto. ¿En verdad, aquel *dorei* conocía la solución al *koan* o se trataba, meramente, de una casualidad desafortunada?

–Si has escuchado el sonido de la mano, pruébalo –acertó a decir Nyogen aún no repuesto de la sorpresa que acababa de experimentar.

El *dorei* se mantuvo en silencio y, de repente, alargó la mano hacia delante.

–Se dice que si uno escucha el sonido de una mano, recibe la iluminación –dijo lentamente el samurái, aún más sorprendido de lo que estaba tan sólo un momento antes–. Bien, ¿cómo piensas hacerlo?

El *dorei* calló nuevamente y extendió una vez más la mano hacia delante.

–Y cuando... cuando te hayas convertido en cenizas, ¿cómo lo escucharás? –indagó Nyogen.

Una vez más, Fan guardó silencio y volvió a extender la mano hacia delante.

–¿Y qué sucedería si... si esa mano fuera cortada por un *tachi*?

–No puede ser –respondió el *dorei* a la vez que volvía a extender la mano.

–¿Por qué no puede ser? –preguntó el samurái ocultando a duras penas la emoción que le embargaba.

–Porque una mano inunda el universo –contestó Fan con una sonrisa en los labios.

–¿Cómo escuchas el sonido de esa mano sola, desde delante o desde detrás?

El *dorei* volvió a extender la mano y dijo:

–Tanto si es desde delante como si es desde detrás, la puedes escuchar como desees –explicó con increíble soltura el *dorei*.

–Y ahora que has escuchado el sonido de la mano sola, ¿qué vas a hacer? –preguntó con voz ligeramente temblorosa Nyogen.

–Arrancaré las hierbas, limpiaré el suelo y, si estás cansado, te daré un masaje.

–Si... si resulta conveniente... haz que escuche yo también el sonido –dijo el samurái mientras la desazón se apoderaba de su cuerpo y le resultaba cada vez más difícil controlarse.

El *dorei* se acercó hasta su amo, alzó la diestra y le propinó un bofetón. Fue un bofetón decidido, fuerte, extraordinariamente sonoro, pero sin rencor o dolo. En él no había ni resentimiento ni odio, sólo la limpieza propia de los ejercicios físicos o de los juegos.

–¿Dónde... –gritó el samurái–, dónde has aprendido esto? ¿Quién te enseñó el *zen*? *¿Quién?*

La voz de Nyogen se quebró al formular la última pregunta. En aquellos momentos, se sentía invadido por una pavorosa mezcla de inquietud, desazón, malestar y temor. *Hai*, temor, un temor insoportable porque no lograba encontrar una explicación a lo que había sucedido con tanta velocidad en los instantes anteriores.

–Dominar el *zen* cuesta años –dijo el samurái con la voz trémula–. Muchos años. Sólo aquel que se dedica a ello a diario, el que lo busca de todo corazón, puede encontrar la respuesta a un *koan* tras otro y así, quizá, alcanzar el *satori*, la iluminación. Algunos entregan su vida a ello y no lo consiguen. ¿Cómo has podido tú aprender todo esto?

Fan se mantuvo callado. O mucho se equivocaba o su dueño había dado con otro motivo para dejar que la consternación lo embargara.

–Está bien, está bien –dijo el samurái con un ánimo repentino en la voz, como si hubiera descubierto una lucecita al final del negro túnel en el que se había introducido con el deseo de humillar al *dorei*–. Vamos a hacer otra prueba. Supongamos que un hombre trepa por un árbol. Se aferra a las ramas con los dientes, sus manos no se sujetan al árbol y sus pies no tocan el suelo. Un monje que pasa por debajo le pregunta sobre el significado de nuestro fundador que vino de occidente. Si no responde, estará evitando la pregunta del monje, pero si abre la boca para responder y pronuncia una palabra tan sólo, se caerá y se matará. En tales circunstancias, ¿qué debería hacer ese hombre?

El *dorei* contempló a su amo y luego se llevó un dedo a la boca como si fuera la rama en la que se habían clavado sus dientes. Entonces, comenzó a mover el cuerpo suavemente como si en verdad pendiera de algún lugar y dijo:

–Uh... uh...

Los ojos del samurái se abrieron como, con seguridad, no lo habrían hecho de tener ante sí un espectro procedente de las entrañas de la tierra.

–Las hojas del loto son redondas –comenzó a decir Nyogen–. Son redondas como un espejo. Pero, desde el punto de vista de tu centro, ¿a qué se asemejan?

El *dorei* se golpeó la cabeza y respondió:

–Son tan redondas como esto.

Esta vez el samurái no se atrevió a decir nada. Podía reconocer que quizá el primer *koan* no era tan difícil, incluso que podía clasificarse dentro de los fáciles, de los elementales, de los reservados a primerizos. Sin embargo, los otros... bueno, había necesitado años para llegar al punto en que un monje le había considerado digno de planteárselos y luego había precisado de no poco tiempo para resolverlos. Días, semanas, incluso meses...

–¿Acaso eres un *buda*? –preguntó al fin mientras sentía que no podía controlar el temblor insoportable que se había ido apoderando de él.

El *dorei* no pudo reprimir una sonrisa. Por supuesto que no lo era. Simplemente, sucedía que aquello que su dueño llamaba *zen* no era sino una versión simplificada del *chang* de Zhon guo. Y entre los *zhon guo ren,* el *chang* había dejado de provocar admiración hacía ya mucho tiempo. No era difícil incluso encontrar libros donde se describían colecciones enteras de eso que el samurái había llamado *koan* y, al mismo tiempo, se daban las soluciones más sofisticadas. A decir verdad, resolver aquellos acertijos elaborados por monjes había terminado por convertirse casi en un juego de niños que ningún hombre serio –salvo algunos budistas– se hubiera molestado en practicar. Pues bien, por lo que parecía, allí en Je-pen-kuo, esa versión casi infantil del *chang* era considerada de extraordinaria importancia. Definitivamente, nunca iba a dejar de aprender en el curso de este viaje...

–*Ié,* Nyogen-san, ié –respondió humildemente Fan–. Sólo soy un *dorei.*

Hai, que era un *dorei* no dejaba lugar a dudas, pero... ¿en su tierra era sólo un perito en máquinas de guerra como le había dicho? ¿O acaso era un hombre santo, un hombre tan santo que podía vencer a las fieras y arrancar sabores desconocidos de los alimentos y descifrar enjundiosos *koan?* Estaba a punto de preguntárselo el desconcertado samurái cuando alguien llamó a la puerta de la habitación. Fan realizó una reverencia y se acercó a la entrada.

El hombre que entró estaba ataviado con una vestimenta de mangas extraordinariamente largas –otra copia de baja calidad de lo que se estilaba en Zhon guo, pensó Fan– y llevaba en la mano un *ogi* de color blanco. Pasó al lado del *dorei* sin reparar en su presencia y se dirigió al lugar del cuarto donde se encontraba el samurái. A unos pasos de él, se detuvo, inclinó respetuosamente la cabeza y dijo:

–El *kotei* requiere tu presencia y la de tu *dorei.*

DEL LIBRO DEL DOREI

Ha quedado dicho en las enseñanzas del Único que merece honra en el universo:

Existen cuatro comportamientos que nunca has de olvidar.

El primero es que no debes permitir que nada te obsesione. Si tu corazón se obsesiona con algo, se manifestará en todo tipo de conductas desviadas.

Es igual que una planta:

Si sus raíces son profundas, pero están dañadas, quedará de manifiesto en las hojas y en el fruto.

El segundo es que no debes permitir que te arrastre al fingimiento. Si te pones una máscara, acabarás yendo en pos únicamente de fantasías e ilusiones.

Es igual que un barco:

Si en lugar de controlar el efecto del viento, se deja arrastrar por él, acabará desarbolado y naufragará.

El tercero es que no debes hacer las cosas por tu benefi-

cio. Si sólo buscas el aplauso de los otros, pronto dejarás de acometer lo justo.

Debes ser como el Único, que da alimento según las necesidades de cada uno.

El cuarto es que no debes desviarte de la verdad. Si lo haces tú mismo acabarás por no distinguir tu mano derecha de tu mano izquierda.

Debes ser como un espejo que refleja con veracidad todos los colores y todas las formas, sean o no hermosas, sean o no gráciles.

NYOGEN

VI

Fan no pudo dejar de sentir un doloroso pujo de compasión al observar a los embajadores de Zhon guo. No tenía la menor duda de que eran gente digna, educada, incluso benevolente. Pero el *kotei* había ordenado que se postraran cuan largos eran sobre el frío suelo de la sala y que no osaran levantar la mirada hacia la tupida cortina tras la que se hallaba oculto. ¿Acaso hubieran podido hacerlo tratándose de un *kami*? Y eso era, ni más ni menos, lo que los hombres de Nihon pensaban que era su *kotei*.

–Es la voluntad del *kotei* saber –dijo uno de los funcionarios– qué desean los embajadores.

Fan tradujo a la lengua de Zhon guo la pregunta que acababa de escuchar en el lenguaje de Je-pen-kuo.

–Sólo deseamos las mejores relaciones –respondió con el aliento golpeando contra el suelo uno de los dos enviados.

Se trataba de un hombre obeso y, sin duda, debía tener dificultades para respirar en tan incómoda postura. Con todo, a Fan le pareció que hacía todo lo posible para mantener la dignidad incluso en medio de aquella ofensiva situación. Y se apresuró a traducir con la esperanza de que todo concluyera cuanto antes y aquellos compatriotas pudieran eludir tan humillante y desagradable postura.

–No necesitamos ninguna relación con quien nos ha agredido sin motivo alguno –respondió el funcionario después de escuchar lo que le decía el kotei–. Sois unos necios al no comprenderlo y molestar de manera tan desconsiderada a nuestro *kami.*

Fan observó los rostros de los dos *zhon guo ren* mientras interpretaba las palabras del *kotei.* Era obvio que habían quedado seriamente preocupados por aquella respuesta. Por si fuera poco, el más obeso comenzaba a ahogarse y su piel estaba adquiriendo una insana tonalidad violeta; mientras que, por el contrario, el más joven estaba lívido.

–El Gran Jan sólo desea la paz –comenzó a hablar este último–. Por eso precisamente cuando los sung se alzaron contra su trono, tuvo que reducirlos a la obediencia que le debían. Esa guerra hubiera terminado mucho tiempo atrás si no hubieran contado con la posibilidad de seguir comerciando con estas islas. No creemos que en ello haya habido mala fe, pero el *kotei* debe comprender que no es posible contar con la amistad del Gran Jan si ayuda a sus súbditos desleales. El Gran Jan estaría dispuesto a olvidar lo pasado y a entablar relaciones pacíficas si esa situación cambiara.

Fan no pudo escuchar con nitidez lo que había respondido el *kotei* a la traducción de aquellas frases, pero el tono con que hablaba desde el otro lado de la cortina le llegaba impregnado de una agresividad que no le parecía que permitiera presagiar nada bueno.

–Nihon –comenzó a decir el funcionario– no tiene por qué obedecer lo que desea vuestro... vuestro Jan. Él tiene un poder sobre su reino, pero no sobre éste, y constituye una verdadera insolencia que pretendáis imponer su voluntad en estas islas. Como castigo a vuestra intolerable altivez, el *kotei* ha ordenado que se os decapite.

Horrorizado, Fan tradujo palabra por palabra lo que acababa de escuchar. Luego dirigió la mirada, primero, hacia el funcionario que había transmitido la terrible sentencia y después hacia los embajadores. El primero le pareció una máscara impasible, un oráculo carente de compasión que se limitaba a obedecer lo que había escuchado a su amo, sin cuestionar ni por un instante la justicia de su decisión. Los segundos eran presa de una insoportable agitación, la que había nacido de la mezcla terrible de lo inesperado, de lo confuso y de lo pavoroso.

–Somos... somos embajadores... –musitó débilmente el obeso.

No llegó a decir nada más. Antes de que Fan tuviera tiempo de traducir, media docena de guerreros se acercaron hasta los *zhon guo ren* tendidos en el suelo, los cogieron por los brazos y los obligaron a incorporarse hasta quedar de rodillas y con la cabeza inclinada. Luego, con una rapidez que hubiera podido asemejarse a la del rayo, un samurái desenvainó un *tachi,* lo alzó en el aire y lo descargó, primero, sobre el cuello del más joven y, a continuación, sobre el del obeso.

Fan contempló cómo las dos cabezas caían al suelo, mientras un chorro de sangre emergía de los pescuezos decapitados antes de que los cuerpos se estrellaran contra el brillante pavimento. Tan sólo unos momentos antes, aquellos dos *zhon guo ren* eran todavía funcionarios de primer rango. De hecho, tan importantes y competentes debía de considerarlos el Gran Jan que les había encomendado el honor de llevar a cabo una misión extraordinariamente especial y delicada. Sin embargo, ahora no pasaban de la categoría de despojos, unos despojos a los que los *Jen-pe-kuo ren* seguramente ni siquiera proporcionarían unas exequias honrosas.

–*Dorei* –sonó una voz y Fan no pudo evitar un respingo.

–*Hai* –respondió mientras se inclinaba respetuosamente.

–El *kotei* desea saber qué crees que hará el Gran Jan cuando se entere de que sus embajadores han sido decapitados –dijo el funcionario mientras le clavaba una mirada fría y hostil–. Especialmente quisiera conocer si este acto le disuadirá de más acciones agresivas.

Fan miró a su interlocutor. Parecía obvio que no sentía aprecio por él y que no vería con desagrado que siguiera el mismo destino de aquellos muertos. En buena lógica, tendría que buscar una contestación que alejara ese riesgo con la seguridad y prontitud mayores. Sin embargo, su moral y su experiencia le habían enseñado sobradamente que la mejor respuesta –aunque no pocas veces entrañara peligros sin cuento– era la verdad. En manos de *Shang-di* estaba si decirla debía o no costarle la vida.

–*Ié* –dijo el *dorei* con resolución pero haciendo todo lo que estaba en sus manos para evitar ser interpretado como altivo o descarado–. El Gran Jan considerará la... decapitación de sus embajadores como un acto de imperdonable hostilidad. Lo verá como una acción que exige venganza. Porque no se dejará intimidar por estas muertes. Todo lo contrario. Sólo le empujarán a formar un ejército contra estas islas con la mayor rapidez.

No apartó Fan su mirada del funcionario mientras respondía a su pregunta, pero si lo hubiera hecho y hubiera contemplado a los asistentes no se le hubiera escapado la sombra de preocupación que había descendido sobre su rostro.

–Es un *dorei* solamente –exclamó a su derecha la voz de uno de los presentes–. Comunica al *kotei* que estamos más que dispuestos a morir defendiendo nuestra tierra contra esos *ye man*.

Un coro de airadas protestas se sumó a aquella acalorada declaración de lealtad dirigida hacia el hombre al que consideraban un *kami* y que se ocultaba inaccesible tras la espesa cortina. Fan supo en ese mismo instante que lo que había deseado durante años, el envío de una expedición del Gran Jan a aquellas islas de Je-pen-kuo, sería asunto de unos meses si es que no de unas semanas. Sin embargo, aunque lo había anhelado mucho tiempo con toda la fuerza de su corazón, ahora no sintió alegría alguna.

DEL LIBRO DEL DOREI

Ha quedado dicho en las enseñanzas del Único que merece honra en el universo:

Aunque no podamos entenderlo, aunque se escape a nuestra comprensión, aunque ni siquiera lleguemos a intuirlo, todo sigue un orden preciso y adecuado.

Observa lo que te rodea y llega a tus propias conclusiones.

Todas las plantas tiene un período para el crecimiento y otro para la cosecha según las estaciones.

Todos los años tienen primavera y otoño, invierno y verano, y todas y cada una de las estaciones sigue a la otra de manera adecuada.

Todos los seres vivos –salvo que su existencia se vea truncada– nacen, crecen, se reproducen y, al fin y a la postre, mueren.

Todo, absolutamente todo, sucede gracias a la benevolencia del Único Espíritu Sagrado que es santo.

Sólo la sabiduría de Shang-di *carece de principio y no sufre ni cambios ni mutaciones.*

Así, de la manera más natural.

DOREI

VII

Piensas que la decisión del *kotei* ha sido equivocada?

Fan levantó la vista del recipiente donde estaba cocinando el arroz. Quien le había formulado la pregunta era su amo y el *dorei* lamentó el momento en que había decidido expresarse en la lengua de Je-pen-kuo exponiéndose así a enormes peligros. Resultaría, desde luego, deplorable que los hombres de Nihon decidieran causarle la muerte precisamente cuando el ejército del Gran Jan podía llegar a aquellas costas a no mucho tardar. En fin, lo importante era hacer lo que había que hacer...

–Carezco de los elementos de juicio de que disfruta el *kotei*... –comenzó a decir.

–Eso ya lo sé –le interrumpió el samurái–, pero, *dozo,* te ruego que no te desvíes de lo que te he preguntado.

Dozo! ¡Su amo había utilizado la palabra *dozo* para dirigirse a él! La pregunta no debía de ser retórica.

–En mi opinión –respondió Fan– se trata de un gravísimo error, Nyogen-san.

–¿Por qué lo ves así? –indagó su dueño a la vez que olfateaba el aire y se decía que todo hacía presagiar una comida humilde pero sabrosa.

Fan sintió una tenue señal de peligro que se le posaba como un pájaro sobre la boca del estómago. Al parecer, no iba a tener muchas posibilidades de eludir las situaciones de peligro.

–Nyogen-san –comenzó a decir lentamente, como si pretendiera vadear un río pisando sobre un camino de piedras resbaladizas e inseguras–. En Je-... en Nihon, existen muchas cosas que, con toda seguridad, han venido de Zhon guo. Vuestra caligrafía es una... una simplificación de la nuestra y... y lo mismo sucede con el manejo del *tachi*... incluso... bueno, los *koan* de los que hablamos... son únicamente una forma muy sencilla de algo que en Zhon guo denominamos *chang*.

Fan hizo una pausa y, al ver el rostro estupefacto que mostraba su dueño, lamentó haber comenzado a formular aquella respuesta. Sin embargo, la verdad es que, a esas alturas, no podía dar marcha atrás en su travesía del arroyo. Por el contrario, tenía que alcanzar la otra orilla y hacerlo cuanto antes.

–Si vuestro *kotei* se convirtiera en amigo del Gran Jan –prosiguió–, con toda seguridad de ello se derivarían grandes beneficios para vosotros. No sólo os ayudaría en la lucha contra posibles enemigos que podáis tener, además disfrutaríais de muchas de las cosas que nosotros conocemos. Los mongoles...

–¿Quiénes son los mongoles? –preguntó el samurái.

–*Hai,* claro –dijo Fan–, los mongoles son el pueblo al que pertenece el Gran Jan. Hace tan sólo dos generaciones, lo único que sabían hacer era guerrear y cabalgar por la estepa. No tenían ciudades. Tan sólo poblados formados por tiendas de piel que denominan yurtas. Así fue hasta que llegaron a Zhon guo. Al principio, pensaron que con las armas nos vencerían y, efectivamente, así fue, pero, al cabo de un tiempo, también ellos aprendieron de lo que nosotros sabíamos. Incluso el Gran Jan lo hizo. Ahora sus palacios, sus calles, sus casas... en fin, no se pueden ni siquiera describir. Viven como jamás hubieran imaginado y, partiendo de esa experiencia, yo me pregunto: ¿por qué no podríais hacer lo mismo vosotros y vuestro *kotei?*

El *dorei* guardó silencio, mientras su dueño se frotaba la barbilla pensativo. Mientras terminaba de condimentar el arroz, se dijo que el samurái no era un hombre torpe, pero quizá estaba aprendiendo demasiadas cosas nuevas a la vez y eso dificultaba enormemente la posibilidad de que las asimilara.

–¿Crees que podemos vencer al Gran Jan? –preguntó inesperadamente Nyogen.

–¿Cómo podría saberlo? –respondió Fan–. Sin la lluvia, sin la tempestad, sin el naufragio de la flota, lo más seguro es que hubiéramos vencido hace un par de años...

El samurái volvió a sumirse en el silencio. *Hai,* eso era posible. No podía, no quería, no se atrevía a negarlo. Habían cumplido con su deber, pero sin la intervención de los *kami*, aquellos hombres los hubieran diezmado. Claro que también era cierto que no tenían honor ni honra y que estaban dispuestos a utilizar cualquier artefacto para imponerse en el campo de batalla.

–¿Tú practicas el *chang*? –preguntó el samurái y el *dorei* tuvo que decirse que le había sorprendido escuchar la nueva cuestión.

–*Ié, Ié* –respondió Fan–, pero lo conozco bien. He leído libros sobre el tema... hace años, claro, la verdad es que ha pasado mucho tiempo desde que dejó de interesarme.

El samurái lo miró con estupor. ¿Cómo era posible que hablara del *zen* de la misma manera que un adulto recordaría sus juegos infantiles? ¿Qué clase de... de monstruo era el *dorei*? ¿Cómo se atrevía a desdeñar con tanto aplomo algo que ocupaba las mentes y los corazones de los más preclaros hijos de Nihon?

–¿Acaso crees en Buda, el iluminado que nos reveló el camino para escapar de la interminable rueda de las existencias? –indagó Nyogen con la voz empapada de angustia.

–*Ié* –respondió Fan quedamente.

–Pero... pero tú conoces bien el... *chang*... ¿cómo... cómo...?

–Se trata de una larga historia –le interrumpió el *dorei*.

–Cuéntamela –dijo el samurái con la misma ansiedad con que un sediento hubiera suplicado un sorbo de agua o un famélico un poco de arroz.

Fan respiró hondo. Decididamente, nada daba la impresión de discurrir hacia la solución más simple. Por el contrario, todo parecía convertirse en algo más complejo y que contenía en su interior lo sencillo, pero reducido a un simple elemento. Se trataba de un proceso semejante al de la semilla que, al fin y a la postre, da lugar al fruto. ¿Quién podía –debía– resistirse a algo tan natural?

–Está bien –dijo al fin–, todo comenzó en la época del emperador Daizong...

DEL LIBRO DEL DOREI

Ha quedado dicho en las escrituras del Único que merece honra en el universo:

El firmamento se sostiene sin necesidad de postes o de vigas que lo sujeten. Sin embargo, el firmamento no se sostiene por sí mismo.

Si lo consigue, se debe al poder del Único Espíritu, sin necesidad de vigas o postes que lo sustenten y libre de muros y de verjas.

En realidad, es semejante a lo que sucede cuando un arquero dispara una flecha. Sólo acertamos a ver la flecha que vuela rasgando el aire, pero no al arquero. Sin embargo, a pesar de ver sólo la flecha, a pesar de no alcanzar a contemplar al arquero, ¿quién sería tan necio como para creer que la flecha vuela sin que un arquero la hubiera disparado antes?

Tiene que haber un arquero.

De la misma manera, podemos entender que el cielo y la

tierra, con el poder del Único Espíritu, ni se desplomen ni se colapsen, sino que por el contrario permanezcan.

Por supuesto, no llegamos a ver esa fuerza, pero sabemos de sobra que sostiene el cielo y la tierra.

De la misma manera, igual que al agotarse la fuerza del arquero, transmitida a la flecha, ésta cae a tierra; si el cielo y la tierra no estuvieran sostenidos por el Único Espíritu, se desplomarían.

De todo lo anterior, se deduce, por lo tanto, que el cielo y la tierra afirman la potencia del Único Espíritu.

NYOGEN

VIII

Todo comenzó en la época del emperador Daizong –dijo el *dorei*–. El emperador Daizong era un protector de la cultura. Creó prosperidad y animó a hombres que eran ilustres y, a la vez, sabios a que impartieran su sabiduría al pueblo. En esos tiempos vivió un hombre santo llamado Aluoben. Procedía del imperio Qin y traía con él escrituras que hablaban de *Shang-di*. De hecho, había viajado hacia oriente con la orden expresa de hacérnoslas llegar. En el año noveno del reinado de Zhenguan, Aluoben llegó a Chang-an y, al saberlo, Daizong ordenó que fuera conducido ante su presencia. Daizong habló con Aluoben y llegó a la conclusión de que aquellas escrituras debían ser traducidas a la lengua de Zhon guo y así se hizo efectivamente. Y, una vez traducidas, él mismo las examinó y le gustaron tanto que promulgó un decreto en el que decía que eran profundas, misteriosas y originarias de otro mundo y que consideraba apropiado que pudieran ser enseñadas y practicadas en el imperio. A partir de entonces, la religión de la luz pudo ser predicada en el imperio y, cuando murió Daizong, su sucesor, el emperador Gaozong, siguió con reverencia la tradición dejada por su antepasado. Así es como yo aprendí todo y como descubrí que el *chang*, lo que tú llamas *zen*, no pasa de ser un juego que, en realidad, no conduce a ningún sitio. Y es que la iluminación no se halla en eso que llaman *satori*, sino en la religión de la luz.

El samurái quedó pensativo. Ya le costaba trabajo aceptar que el *zen*, al que había dedicado tanto esfuerzo, fuera una mera simplificación de ese *chang* practicado por los bárbaros. Pero aún le abrumaba más que aquel hombre, ¡su *dorei!*, estuviera entregado a unas creencias de las que jamás había escuchado una palabra y cuyo origen además se encontrara en las tierras donde moría el sol cada jornada.

–¿Cuánto tiempo hace que sucedió eso que me has contado? –preguntó Nyogen.

–La llegada de Aluoben a nuestras tierras tuvo lugar hará... –Fan frunció los ojos, levantó la mirada hacia el techo de la habitación como si ese gesto le ayudara a calcular con más precisión y concluyó:

–Algo más de seiscientos cuarenta años.

¡Seiscientos cuarenta años! ¿Sería posible?, se preguntó el samurái. Sin duda, se trataba de muchísimo tiempo y nadie en Nihon, al menos hasta donde él sabía, tenía conocimiento de aquello...

–¿Qué contaban aquellas... escrituras? –preguntó el samurái.

–Nyogen-san –respondió el *dorei*–, narran la historia cuyo conocimiento resulta el más importante para cualquier hombre, mujer o niño. Relatan cómo aparecimos sobre la tierra, por qué morimos y qué debemos hacer para alcanzar la inmortalidad.

Un escalofrío de sobrecogimiento recorrió la espalda de Nyogen. Cuanto más escuchaba al *dorei,* más inquieto se sentía y, precisamente por ello, abrigaba un sentimiento doble que amenazaba con desgarrar su espíritu. Por un lado, hubiera deseado tener la fuerza suficiente para ordenarle que se callara y que nunca más volviera a referirle una sola palabra sobre aquellos escritos y la extraña doctrina que contenían; por otro, hubiera querido disponer de valor bastante como para pedirle que prosiguiera con su relato hasta concluirlo, pasara lo que pasara. Finalmente, decidió optar por esta última posibilidad no tanto porque poseyera esa bravura, cuanto porque no quería soportar la humillación de reconocer ante sí mismo que carecía de ella.

–Cuéntame todo, *dorei* –dijo y, al instante, cerró los ojos como si un insoportable vértigo se hubiera desatado en su espíritu.

–*Hai,* Nyogen-san –asintió Fan–. Has de saber en primer lugar que no existe mal o desastre que no haya existido desde hace cientos, miles de años. Así ha transcurrido siempre la historia. Hubo hace mucho tiempo un primer hombre del cual descendemos todos y nuestras faltas proceden de las suyas. Ese primer hombre desobedeció el mandamiento del

Único que merece honra, el que le había dado la vida, y, al hacerlo, su corazón cambió. Desde ese momento, aquel primer hombre comenzó a verse como un ser igual al Señor, creyendo que contaba con tanta inteligencia como el Único que merece honra. El resultado fue que dejaron de estar de acuerdo, porque aquel primer hombre, con sus actos, estaba diciendo que era un... un *kami* y, al comportarse de esa manera, trajo la desdicha para sí y para su descendencia.

El *dorei* interrumpió su relato. No se había percatado hasta ese momento, pero lo que acababa de narrarle a su amo podía ser interpretado como una censura por impiedad dirigida contra el *kotei,* ese hombre que se ocultaba detrás de una tupida cortina para dirigirse a otros hombres, pero que afirmaba ser un *kami.* Sintió pena al pensar en esto Fan, porque sospechó que ahí podía concluir el relato. Sin embargo, el samurái o no vio o no quiso captar esa relación entre su soberano y la historia que estaba escrita en los textos que trajo Aluoben a Zhon guo. Cubierto por aquel gesto de perplejidad que se había apoderado de su rostro desde hacía ya un buen rato dijo:

–No te detengas. Continúa.

–A pesar de que el Único que merece honra se disgustó con el primer hombre y lo arrojó del lugar en que se encontraba, no lo dejó abandonado. Le dio leyes y estatutos y normas para que pudiera vivir de manera correcta y fuera feliz siempre que, por supuesto, obedeciera. Sin embargo, ni el primer hombre ni sus descendientes se comportaron como debían. Por el contrario, se empeñaron en hacer lo que a ellos les parecía bien y en desobedecer al Único que merece honra y, al actuar de esa manera, tan sólo siguieron las sugerencias y tentaciones de espíritus inicuos. Todos merecían un castigo terrible y lo hubieran recibido a su tiempo, pero el Único que merece honra decidió salvarlos de esa situación.

–¿Fue entonces cuando les enseñó el *chang?* –preguntó Nyogen.

Por primera vez en aquellos años, Fan levantó la diestra imponiendo silencio a su amo. Se trató de un gesto suave y exento de brusquedad, pero, en circunstancias normales, le hubiera costado la vida por insolencia. Ahora, sin embargo, lo que era o no habitual había cambiado hasta tal extremo que el samurái calló sin dejar en absoluto de manifiesto que se sintiera contrariado por el comportamiento del *dorei.*

–*Ié,* ya te he dicho que el *chang* carece de importancia. Lo que sucedió fue algo mucho más importante. El Único que merece honra –prosiguió Fan– se convirtió en hombre y descendió a este mundo.

Hacía calor, pero Nyogen no pudo reprimir un escalofrío al escuchar aquellas palabras. ¿Dónde podía concluir la historia que estaba narrando aquel bárbaro?

–Para convertirse en hombre, el Único hizo que el Viento suave descendiera sobre una joven escogida, que se llamaba Mo Yan. No tenía marido, pero aun así la joven quedó embarazada. Pasaron los meses y Mo Yan dio a luz a un niño y le puso por nombre Ye Su. Este Ye Su nació en una aldea situada en occidente que tenía el nombre de But Lam y era el ungido y enseñó el amor y la voluntad del Único. Pero con eso no bastaba...

Fan hizo una pausa que Nyogen no se atrevió a interrumpir, absorto como estaba en aquel relato que jamás había escuchado.

–Ye Su, el ungido, debía llevar en su cuerpo el castigo que todos nosotros merecemos por nuestras transgresiones de la ley del Único –prosiguió Fan–. Y así, cuando los malos lo prendieron, no habló ni se defendió de la misma manera que un cordero es llevado en silencio al lugar donde se le ha de sacrificar. Todo esto lo hizo por amor, de tal manera que el mal que había hecho el primer hombre y, después de él, todos nosotros pudiera ser cambiado. Y de esa manera, por su sacrificio, pudiéramos salvarnos.

–No sé si entiendo lo que dices... –se atrevió a musitar el samurái–. ¿Pretendes que los hombres se apoderaron de un *kami* para darle muerte y que él no se defendió?

–No lo hizo –respondió con suavidad el *dorei*–. Permitió que lo prendieran y cuando lo condenaron a morir colgándolo de lo alto no les hizo nada. Actuó así porque sabía que había venido a este mundo a morir, que su muerte expiaría las faltas de todos y que ninguna otra conducta de ningún otro hombre puede lograr la salvación ni para él ni para otros. Lo mataron, *hai,* pero pudo regresar de la muerte.

–¿Quieres decir que volvió a encarnarse en otro niño? –preguntó perplejo Nyogen.

–*Ié, ié* –rechazó amablemente–. No fue así en absoluto.

DEL LIBRO DEL DOREI

Ha quedado dicho en las enseñanzas del Único que merece honra en el universo:

Existen diez pactos que deben ser respetados por todos los seres humanos si no desean recibir el castigo del Único y si anhelan vivir en paz.

El primer pacto con el Único es que todo lo que existe y hace el mal será castigado por ello, especialmente si no manifiesta respeto por los ancianos.

El segundo pacto es honrar y cuidar de los familiares ancianos. Aquellos que se comportan de esa manera son los verdaderos seguidores del Camino del Cielo.

El tercer pacto es reconocer que hemos sido traídos a la existencia por nuestros padres. No existe nada sin padres.

El cuarto pacto es que cualquiera que comprende los preceptos debería saber cómo ser agradable y considerado con todos, y no causar mal a nada de lo que vive.

El quinto pacto es que cualquier ser vivo no sólo no debe-

ría privar de la vida a otro ser viviente, sino que además debería enseñar a otros a actuar de la misma manera.

El sexto pacto es que nadie debería cometer adulterio, ni persuadir a otro para que se comportara así.

El séptimo pacto es no robar.

El octavo pacto es que nadie debería codiciar a la esposa de un hombre vivo, o sus tierras, o su palacio, o sus siervos.

El noveno pacto es que no debe permitirse que la envidia por la buena esposa de alguien, o por su casa, o por su dinero, lleve a dar falso testimonio contra ellos.

El décimo pacto es ofrecer a Dios sólo aquello que es tuyo.

Esto es lo mínimo, pero existen muchas otras cosas aparte de éstas.

NYOGEN

IX

El samurái abrió la boca una, dos, tres veces seguidas, igual que el pez que boquea deseando absorber el aire suficiente para vivir, pero que percibe que está a punto de perecer.

–Ye Su murió en el suplicio, Nyogen-san –continuó Fan su relato–. Había un hombre llamado Yaoxi, que era amigo suyo y que servía al Único que merece honra. Era un juez de la ley y pidió el cadáver a las autoridades. Se lo entregaron y entonces lo envolvió en un lienzo nuevo y lo enterró en un huerto donde había una tumba excavada en un lado de una montaña. Corrieron una gran piedra para cerrar el sepulcro y sobre ella pusieron un sello para que nadie pudiera abrirla. Incluso colocaron una guardia porque sus enemigos recordaban que había anunciado que se levantaría de entre los muertos al cabo de tres días y así, durante esos tres días, los guardianes custodiaron la tumba. Pero al cabo de ese tiempo, unas mujeres que seguían al ungido...

–¿Mujeres? ¿Mujeres que le seguían? –exclamó sorprendido Nyogen.

–Sí, le seguían mujeres –intentó retomar el hilo del relato Fan.

–Pero... pero no puede ser –protestó sorprendido el samurái–. Buda enseñó que ninguna mujer puede entrar directamente en el nirvana, ni siquiera las monjas. ¡Antes debe reencarnar como hombre! ¿Y tú me dices que éstas llegaron hasta el sepulcro del ungido sin problema alguno?

Fan no quiso detenerse en las nuevas objeciones que acababa de formular su dueño. Le parecían, en realidad, cuestiones sin importancia que sólo podían servir para apartar su atención de lo esencial. Como si no las hubiera escuchado siquiera, el *dorei* prosiguió con la narración.

–Las mujeres que seguían a Ye Su se acercaron a la tumba y lo que vieron allí, Nyogen-san, fue prodigioso. Al lado, había un inmortal volador enviado por el Único que merece honra. Estaba vestido de blanco, de un blanco tan intenso que recordaba la nieve. Pero el cadáver ya no estaba en el sepulcro y el inmortal volador dijo a las mujeres que fueran a decir lo que habían visto y es que Ye Su, el ungido, se había levantado de entre los muertos. Y al principio no las creyeron pero luego...

–... Ye Su fue visto por otras personas que así pudieron dar testimonio de que había regresado de la muerte –dijo Nyogen para sí mismo.

–Efectivamente, fue así –señaló el *dorei*, al parecer nada

sorprendido de que su amo hubiera intuido el desenlace de la historia–. Se les apareció varias veces de manera que no sólo sus discípulos, sino también todo el mundo supiera la verdad.

–¿Qué sucedió después? –interrogó el samurái.

–El ungido permaneció durante algunos días con ellos, pero, finalmente, fue llevado de la tierra hasta el cielo. Sin embargo, antes de irse les prometió que el Viento puro descendería sobre todos aquellos que lo pidieran y así fue pasados unos días y también así sabemos que está a nuestro lado y que un día regresará.

Fan calló y, por unos instantes, el samurái quedó sumido en profundas cavilaciones. Nada de lo que acababa de escuchar se parecía a cualquiera de las enseñanzas religiosas que hubiera podido conocer desde que era un niño. Aquella creencia extraña afirmaba que un *kami* se había convertido en hombre descendiendo al vientre de una muchacha que vivía en occidente. Pero luego ese... *kami,* al que denominaban el ungido, se había dejado matar, al parecer, porque de esa manera cargaba con las faltas y transgresiones que se habían cometido desde la aparición del primer hombre sobre la tierra. Ésa era, al parecer, la vía de salvación, aunque...

–Según tú dices –comenzó a hablar Nyogen–, ese Ye Su murió para cargar con todo el mal que durante miles de años han hecho los hombres. ¿He entendido bien?

–*Hai,* Nyogen-san –reconoció el *dorei.*

–Bien, bien –prosiguió el samurái–, si es así tengo algunas preguntas que formularte.

–*Dozo,* te ruego que las hagas –dijo Fan inclinando respetuosamente la cabeza.

–*Hai, hai,* por supuesto que voy a hacerlas. Primera, si ese Ye Su sufrió la pena por todo el mal que hemos hecho, ¿significa que todos estamos ya salvados de nuestro *karma,* que no volveremos a este mundo bajo ninguna forma, que estamos libres de la rueda de las transmigraciones? Segunda, si efectivamente estamos salvados, ¿tiene algún sentido el esfuerzo personal, la búsqueda de la perfección o es algo inútil? Tercera, si, verdaderamente, Ye Su venció el mal y eso sucedió hace tanto tiempo, ¿por qué ha seguido existiendo la maldad o es que acaso tendrá fin alguna vez? y... y, bueno, creo que esto es bastante.

Fan escuchó con atención las preguntas que acababa de formular su amo. No le resultaron nuevas. Las recordaba expresadas de manera muy similar en Zhon guo por los que seguían las enseñanzas de Buda, por los que creían en la doctrina del Tao y por los que afirmaban que un tal Muhammad era un profeta superior a Ye Su, el ungido. No tenía ninguna seguridad de que sus respuestas convencieran a Nyogen-san, aunque sí serían las mismas que había expresado docenas de veces.

–En primer lugar –comenzó a responder tranquila y pausadamente el *dorei*– debo decirte que no existe rueda alguna de la vida. Sólo tenemos esta existencia, pero de ella responderemos ante el Único que merece la honra, y nadie que haya quebrantado su ley escapará de la condenación. Por eso, al convertirse en un hombre en el vientre de la muchacha Mo yan, abría la única posibilidad de salvación. Él pagó toda la culpa. Ahora bien, eso no significa que todos estemos salvados. Sólo los que creen en él y reciben en su corazón su sacrificio están salvados. Es como si Kazumi-san te regalara un *tachi,* pero tuvieras que ir a recogerlo. Si no lo recoges, no tienes *tachi* aunque Kazumi-san lo haya pagado a un precio inmenso; si no tienes fe en Ye Su, el ungido, tampoco recibirás la salvación pagada por él. *Lakarimaska?*

El samurái no hubiera podido decir que estaba de acuerdo con lo que acababa de responder el *dorei,* pero, *hai,* lo había entendido, lo había entendido perfectamente. Inclinó, por lo tanto, la cabeza en señal de asentimiento.

–Segundo –prosiguió Fan–. Te ruego, *dozo,* que recuerdes cuando la fiera te amenazó o cuando estuviste a punto de quitarte la vida. En las dos ocasiones, la ayuda te llegó de fuera. Lo mismo sucede con la salvación. El bien que puedas realizar no compensará el mal que has perpetrado, de la misma manera que el ladrón que ha de ser juzgado no puede pretender que se le perdone simplemente porque proporciona alimento a sus mayores. Por eso, el Único se convirtió en hombre y murió pagando nuestras culpas. Nada podrás hacer para compensarlo, ganarlo o pagarlo, pero el Único espera que lo agradezcas y esa gratitud ha de manifestarse en un comportamiento adecuado. Debes rendirle culto sólo a él, cuidar de los mayores, servir a tu soberano, no desear la mujer ni los bienes de tu prójimo, ser compasivo y misericordioso... todo eso lo harás no para lograr salvarte, sino porque Ye Su te salvó.

El samurái guardó silencio. Distaba mucho de sentirse convencido –incluso atraído– por aquella extraña doctrina, pero se veía obligado a reconocer su enorme coherencia lógica, su solidez argumental que contrastaba con otros relatos que conocía. Quizá eso era lo que más le llamaba la atención, el que aquellas creencias afirmaban la existencia de un mundo diferente del que se podía palpar o ver cada día. Sin embargo, no lo buscaban en la meditación de esas historias sobre un hombre que colgaba de una rama sujetándose con los dientes o sobre la manera en que sonaba una palmada dada con una sola mano. Arrancaban más bien de hechos que decían que habían sucedido siglos atrás.

–Tercero –continuó Fan–, es cierto que el mal ha seguido existiendo después de que el ungido regresara de entre los muertos. Seguramente, continuará siendo así durante mucho tiempo, pero, al fin y a la postre, acabará. Cuando llegue la época en que toda vida deba alcanzar su fin, los espíritus inicuos se apoderarán de la gente y entonces el juicio del Cielo se derramará para que todos lo vean. Entonces todo lo que es malo se acrecentará. A esto se debe el que el Único Espíritu Sagrado tomara un cuerpo y viniera enseñando y diciendo: «Yo soy el ungido. He estado con vosotros tres años y medio. Durante esos tres años y medio combatí los hechos inicuos de los malos, y todos lo pudieron ver con claridad». Ahora sólo queda comportarse de manera virtuosa y aquellos que no tengan fe no podrán resistir el juicio de Aquel que es el Único que es celestial y digno de recibir la honra. Todo esto el ungido y el Único Espíritu Sagrado lo contemplan desde el cielo. Cuando el mundo acabe, los muertos serán levantados y juzgados. Aquellos que crean las enseñanzas, que actúen de manera virtuosa y cuyos corazones sigan el Camino verdadero irán al Cielo. Allí serán felices para siempre.

–Pero... pero... –interrumpió Nyogen abrumado por todo lo que acababa de escuchar–. ¿Y los *budas*? ¿Y los otros *kami*? ¿Qué piensan los otros *kami*?

–No hay otros *kami*, Nyogen-san –respondió suave pero firmemente el *dorei*–. Sólo el Único que merece honra puede ser considerado como tal.

–¿Sólo el Único? –preguntó sorprendido el samurái–. Pero... entonces ese Espíritu suave al que te referiste y... y...

– Sólo el Único –respondió sereno Fan–. El Único que es a la vez Padre compasivo, Hijo radiante y Rey que es Viento puro, los tres en uno.

Sin poderlo evitar, el samurái se echó hacia atrás, como si estuviera horrorizado por lo que acababa de escuchar, como si todo aquello le abrumara de tal forma que no pudiera despegar los labios. No obstante, no se calló. En su interior, ardían demasiadas preguntas, demasiadas dudas, demasiadas incógnitas como para permanecer en silencio.

–*Dorei* –dijo al fin–, ¿todos en tu tierra creen esta misma doctrina?

Por primera vez desde que habían iniciado la conversación, Fan sintió que la sensación de gozo creciente que había derivado de compartir sus creencias quedaba opacada por una punzada de pesar.

–*Ié,* Nyogen-san –respondió–. No todos. El Gran Jan no las cree, pero siempre ha mostrado un gran respeto por nosotros. Fue gente de nuestra religión la que profetizó a su abuelo Gengis que conquistaría Zhon guo y, en verdad, nunca han faltado descendientes suyos que creyeran en Ye Su, el ungido. Ése fue el caso de Chagatai o el de Sorghaghtani Beki, la madre del Gran Jan.

Nyogen cerró los ojos. Una terrible sensación de vértigo se había apoderado de él y temía perder el equilibrio y desplomarse. Tan sólo dos años atrás, su mundo estaba en orden y sabía lo que debía hacer cada uno en cada momento y en cada lugar. Incluso cuando se preguntaba por lo que podía suceder después de esta existencia, le parecía que podía dar una respuesta. Conforme a todo ello, vivía y actuaba, y, como era de esperar, y aunque apenas tenía posesiones, se sentía satisfecho y feliz. De no haber llegado aquella gente a Nihon, el futuro tan sólo le hubiera reservado motivos de alegría. En dos o tres años más, Kazumi-san le habría buscado una esposa y, gracias a su dote, podría haber adquirido algún nuevo lote de tierras y formar una familia. Sus hijos habrían crecido en las enseñanzas que habían cimentado generación tras generación de los antepasados de Nihon y, cuando hubiera sido anciano, hubieran atendido con respeto hasta sus últimas y mínimas necesidades. Eso era lo que había esperado y, sin embargo, ahora... ahora todo se encontraba trastornado. Nada era seguro, nada parecía permanente, nada daba la sensación de poder mantenerse en pie más de unos instantes. Su mundo, aquel mundo que tanto amaba, no sólo no era el mismo, sino que incluso parecía estar a punto de perecer en medio de un terrible *tai-fún*. Y si eso sucedía, ¿qué sería de él?

DEL LIBRO DEL DOREI

Ha quedado dicho en las enseñanzas del Único que merece honra en el universo:

Hay quien se pregunta de qué está hecho un ser humano, y las respuestas a esa cuestión son bien diversas.

Algunos ven que cada vez que nos cortamos o herimos sale líquido y piensan que nuestro origen se halla en el agua.

Otros observan que cuando morimos nuestro cuerpo, incluidos nuestros huesos, se desvanece quedando reducido a un leve montón de polvo y creen que nuestro origen se halla en la tierra.

Otros se percatan de que fallecemos cuando expulsamos el aliento y no volvemos a recuperarlo y creen que nuestro origen se halla en el aire.

Otros han observado que los hombres vivos tienen calor en sí mismos y quedan yertos y gélidos al fallecer y creen que nuestro origen se halla en el fuego.

En realidad, nada de esto importa.

Lo verdaderamente relevante es que estamos formados por aquello que puede ser visto y aquello que no puede ser visto.

Lo que puede ser visto se deshace con el paso del tiempo y, posiblemente, en esa parte visible confluyen el aire y el agua, la tierra y el fuego.

Lo que no puede ser visto no se deshace, es espiritual y ha sido formado por el Único Espíritu Sagrado. Eso es, sin ningún género de dudas, lo más importante.

FAN

X

Durante días, Nyogen, el samurái que se había destacado por su bravo y gallardo comportamiento en la terrible batalla de Hakata, fue incapaz de articular palabra. Por suerte para él, ni Kazumi-san ni funcionario alguno del *kotei* requirieron su presencia. De haberlo hecho, se le habrían planteado enormes problemas porque Nyogen se había quedado abstraído, ausente, perdido, como si le acabaran de informar de que el *kotei,* los samuráis, toda su familia, Nihon entero habían perecido de manera repentina y sólo él –y aquel desconcertante *dorei*– quedaban sobre la faz de la tierra.

En aquellas jornadas que siguieron a la decapitación de los embajadores y a su conversación con el *dorei,* podía haberse entregado a pasear por los recoletos jardines de arena y piedras, a observar las aves que con entera libertad surcaban el pedazo de firmamento que había sobre el palacio del *kotei* e incluso a oler los macizos de flores extrañas que esparcían su fragancia a decenas de pasos. Sin embargo, nada de aquello –que en otro momento hubiera absorbido su atención provocando un profundo deleite en su espíritu– le atraía ahora o, al menos, le otorgaba consuelo. Por el contrario, no dejaba de decirse que había existido una época –que se había alargado durante toda su existencia, al menos hasta donde podía recordar– en que todo había estado claro y todo había resultado diáfano. Pero ahora, se repetía con amargura, quizá esa era estaba a punto de convertirse definitivamente en cosa del pasado, del mundo de los muertos, y, a diferencia de Ye Su, del que hablaba el *dorei,* no contaba con el menor viso de regresar. Cuando eso sucediera ni los jardines, ni las aves, ni las flores tendrían sentido. En aquello reflexionó el samurái hora tras hora, sin concederse pausa alguna, y sin poder o querer evitar que la angustia lo poseyera.

Sin embargo, lo que llegó a presentársele como indefinido e insoportable también concluyó. Una tarde, recibió comunicación de Kazumi-san de que podía regresar a su casa y, repentinamente aliviado, decidió hacerlo.

Apenas habló durante aquel camino de regreso porque lo que le interesaba realmente se hallaba en su interior y sufría una tormenta de tal violencia en su espíritu que le apartaba por completo de lo que pudiera estar sucediendo, lo mismo si llovía, como efectivamente sucedió, que si había una discusión con los vendedores locales, como también aconteció.

Se hallaban ya a menos de una jornada de distancia de casa, cuando, por razones que desconocía, abandonó su posición cabizbaja y levantó los ojos. Quizá lo hizo porque le dolía el cuello de llevar inclinada la cabeza tanto tiempo, o porque deseaba acomodarse en la silla de montar, o meramente obedeciendo a un movimiento reflejo. Fuera como fuese, cuando su mirada discurrió por un campo visual más amplio, chocó con un edificio, blanco y pequeño, que reconoció enseguida. Se trataba de un modesto prostíbulo a cuyos servicios había recurrido en alguna ocasión en el pasado, aunque, como le sucedía con el consumo de licor, muy de tarde en tarde, ya que no disponía de dinero para poder convertirlo en una conducta frecuente.

–*Dorei* –se limitó a decir mientras dirigía el caballo hacia el lugar que acababa de ver.

Fan se esforzó por seguir a su dueño, a pesar de que, durante los últimos pasos, el corcel, impulsado por el olor del agua, galopó con rapidez. Para ponerse a su altura, y ayudarlo a descabalgar, tuvo, pues, que correr y así llegó jadeando hasta la entrada. Quedó, al principio, perplejo al observar una mirada especial en los ojos de la mujer y del gañán que se encontraban situados en la puerta. Ella, pintarrajeada y con poca ropa; él, con aspecto de bruto pero enormemente fornido para ser un hombre de Nihon. Aún se estaba preguntando quiénes serían cuando pudo escuchar la voz del samurái que, bronca y seca, le gritaba:

–Ven, *dorei.*

No le cupo la menor duda de la clase de lugar en que se encontraban nada más traspasar el umbral. La mala iluminación buscada a propósito, el olor horrible y pesado a perfume de mala calidad, y, de manera muy especial, el aspecto de las mujeres constituían pruebas demasiado evidentes como para no percatarse.

–Hemos hablado tú y yo mucho de religión en los últimos tiempos, *dorei* –dijo el samurái mientras lo arrastraba hasta una de las mesas y lo obligaba a sentarse a su lado–. *Domo o arigato,* de verdad, *domo o arigato.* Pero ahora ha llegado el momento de disfrutar un poco de la vida. Voy... voy a...

Nyogen interrumpió la perorata para estirar el brazo, parar a uno de los sirvientes que pasaba y ordenarle que trajera licor para los dos.

–¿Por dónde iba? ¡Ah, *hai, hai!* Bien, *dorei,* como te decía, ya es hora de divertirnos un poco. Esta noche dormiremos aquí y lo haremos con dos mujeres que nos proporcionarán su cariño y...

–*Ié,* Nyogen-san.

El samurái abrió los ojos sorprendido. No sólo el *dorei* le había interrumpido, sino que además había tenido la intolerable osadía de rechazar una invitación, de... de negarse a obedecer, pero...

–Agradezco tu ofrecimiento, Nyogen-san –continuó el *dorei*–. Lo estimo realmente en lo que vale y sé que significa un obsequio de importancia, pero no puedo aceptarlo. Te suplico, por lo tanto, que me excuses.

El tono humilde de aquellas palabras disipó la cólera del samurái con la misma rapidez con que había surgido. Sin embargo, ahora a la ira le sucedió una curiosidad primaria, infantil, irresistible. ¿Qué podía llevar al *dorei* a rechazar la posibilidad de dormir con una mujer? Porque, a decir verdad, se trataba de una oportunidad que no se presentaba con frecuencia y, en su caso, constituía un verdadero regalo de los *kami* tras años de forzada abstinencia.

–¿Por qué... por qué no...?

–Te suplico que me disculpes –respondió Fan antes de que terminara el samurái de formularle la pregunta–. No deseo ofenderte, pero no me está... permitido.

Sin poderlo evitar, Nyogen se llevó la mano a la boca en un gesto de estupor, pero lo hizo de tal manera que hubiérase dicho que también temía que de sus labios pudiera brotar alguna inconveniencia.

–¿Acaso eres monje? –preguntó al fin, incapaz de resistir el deseo de saber los motivos de Fan para rechazar aquella demostración de afecto.

–Ié, Nyogen-san, *ié* –respondió el *dorei*.

Por unos instantes, la conversación quedó interrumpida mientras un sirviente de mala catadura dejaba sobre la mesita una bandeja de madera en la que estaban posados dos tazones y un jarro con licor. Nyogen se llenó su recipiente y estaba a punto de hacer lo mismo con Fan, cuando, de repente, se le ocurrió que resultaría oportuno preguntar antes.

–¿Quieres...?

–Ié, domo o arigato –respondió acompañando su negativa de un movimiento de cabeza.

El samurái dejó escapar un suspiro, bebió de un trago el licor que le habían servido y volvió a llenar la taza. Decididamente, los tiempos aquellos en que paladeaba el alcohol parecían haber entrado también a formar parte del pasado.

–Explícate, *dorei,* explícate –dijo Nyogen tras despacharse la segunda taza.

–No sé si sabré hacerlo, Nyogen-san –comenzó a decir dubitativamente Fan–, pero este tipo de relación no es lícita.

Los ojos del samurái se abrieron como escudillas de arroz al escuchar aquellas palabras. ¿Qué es lo que no era lícito? Ya resultaba difícil entender eso de que existía sólo un *kami* con la pluralidad de actividades que existen en el universo; ya parecía complicado aceptar que el único, ¡el único!, *kami* se hubiera convertido en hombre y sólo con la intención de que lo mataran; ya se elevaba hasta lo inverosímil creer que una verdad de esa importancia no hubiera llegado nunca antes a las islas de Nihon, pero aquello... aquello superaba lo que podía asimilar. ¿Cómo podía ser ilícito yacer con una mujer y pagarle sus servicios?

–En realidad –prosiguió el *dorei*, que daba la impresión de sentirse avergonzado– resulta indigna, Nyogen-san. Cualquiera de esas mujeres se vende como si fuera un animal, una fruta, un pescado, pero no son nada de eso, son tan hijas del primer hombre como puede serlo cualquiera de las que forman parte de nuestra familia.

Un comentario de ese tipo hubiera costado la vida a Fan

en otro tiempo, pero, a esas alturas, el samurái se sentía tan acostumbrado a escucharle proferir las atrocidades más extravagantes que la curiosidad que le inspiraba pesó más que el sentimiento de dignidad que abrigaba su corazón.

–Pero... pero tienen que vivir de algo... –se atrevió a objetar Nyogen.

–*Hai,* Nyogen-san, hai, pero no de vender su cuerpo como si fuera una cosa. ¿O es que acaso la actividad del ladrón nos parece bien porque necesita vivir de algo? *Ié, ié,* los gobernantes deberían ayudar a estas mujeres a encontrar trabajos honrados para sustentarse y evitar que tengan que mantenerse de esta manera.

El samurái apuró un tercer tazón de licor mientras reflexionaba sobre las palabras del *dorei.* Como le había sucedido en otras ocasiones, no llegaban éstas al extremo de convencerlo, pero tenía que reconocer que poseían una fortaleza interna que no se sentía capaz de acometer siquiera.

–Puede hacer frío esta noche –comenzó a decir– y si no quieres dormir con una de esas... mujeres, tendrás que hacerlo a la intemperie.

–No me importa, Nyogen-san –se apresuró a comentar el *dorei.*

Se sirvió licor por cuarta vez y miró a su interlocutor con una mezcla de desasosiego y pesadumbre. Finalmente, alzó la diestra en un gesto que podía interpretarse como la concesión del ansiado permiso para retirarse.

–*Domo o arigato,* Nyogen-san –respondió con alegría el

dorei a la vez que realizaba una ceremoniosa inclinación y se apresuraba a salir.

El samurái lo vio desaparecer por la puerta e, inmediatamente, hizo una seña a uno de los sirvientes para que le trajera otro jarrito de licor. No tardó en servírselo.

–Si a tu acompañante no le gustan las mujeres –comenzó a decir el hombre que le servía el alcohol– disponemos también de jovencitos...

Nyogen-san no pudo evitar que se le escapara una estruendosa carcajada al escuchar las palabras del empleado del burdel.

–*Ié, ié,* es un hombre puro que no aceptaría esa inmundicia jamás –dijo y tuvo que contenerse para no soltar una nueva risotada al contemplar la sorpresa que se había pintado en el rostro del hombre.

DEL LIBRO DEL DOREI

Ha quedado dicho en las enseñanzas del Único que merece honra en el universo:

La gente que es necia se hace imágenes de madera de camellos, vacas, caballos y otras cosas. Consiguen que tengan un aspecto verosímil y les rinden culto, pero eso no les proporciona vida.

En el mundo de hoy en día hay muchos que de la misma manera hacen imágenes de gente, de sabios y de maestros. Piensan que son semejantes a Shang-di, *pero no pueden infundir vida a sus creaciones.*

¡La verdad es que se hallan sumidos en la confusión!

Hacen imágenes de los espíritus en oro, plata o bronce, y las veneran!

Incluso se hacen imágenes de madera de espíritus, de hombres y de animales.

Pero por mucho que la imagen del hombre se parezca a un hombre, o la imagen del caballo a un caballo, o la ima-

gen de una vaca a una vaca, o la imagen de un asno a un asno, no pueden caminar, no pueden hablar, no pueden ni comer ni beber.

No tienen ni carne, ni piel, ni órganos ni huesos reales. Y, sin embargo, aunque estas imágenes no pueden hablar, todos desean hablarles.

Pero sólo aquel que adora en verdad a Shang-di *puede enseñar y exponer los textos sagrados. Porque aquel que teme el castigo hace lo que es justo, y dice a los demás que lo hagan.*

Shang-di *ama a los que son así y son conocidos como aquellos que siguen la ley de* Shang-di.

NYOGEN

XI

Y aquella noche, Nyogen, el samurái, encontró en los brazos de una prostituta el placer del que no había disfrutado durante meses. Pero no halló ni la paz ni el sosiego. Y también huyó de él aquel sentimiento que había identificado con la alegría y que le había acompañado en otras ocasiones después de yacer con mujeres. E incluso, cuando al día siguiente pagó su deuda con el dueño del prostíbulo, no pudo evitar sentir una cierta vergüenza porque el cuerpo de la mujer era una parte más del gasto como lo había sido el licor o el arroz.

Y de esa manera, cuando, acompañado por su *dorei,* llegó nuevamente a su casa, en lugar de sentirse satisfecho por el honor que el *kotei* le había conferido a través de Kazumi-san convocándole a palacio, en su rostro notaba la vergüenza de haber podido comportarse mejor y, sin embargo, no haberlo hecho. Y así, sus pensamientos se fueron convirtiendo en más tristes y más sombríos y ni siquiera el paso de los días y de las semanas contribuyó a arrojar sobre ellos serenidad y luz.

En esa época, el samurái hubiera deseado sumergir su pena y su vergüenza en el áspero mar del licor y entrar así en un aturdimiento que le impidiera pensar e incluso sentir. Sin embargo, no tenía peculio suficiente para gastarlo en esos artículos de lujo y, por primera vez a lo largo de su existencia, lamentó ser de ingresos modestos, tan modestos que no le permitían emborracharse todas las noches para, en medio de la embriaguez, huir no de otros, sino de sí y de su conciencia.

Así, en una ocasión en que hubiera necesitado el licor con más urgencia que otras se sorprendió a sí mismo preguntándose si sería verdad que podía haber perdón en Ye Su; si ese perdón se extendería a todo y a todos, y si eso incluiría el *on* debido a un *dorei,* la responsabilidad hacia Kazumi-san e incluso la vergüenza por haber llevado encima durante días el rastro que había dejado sobre su piel el perfume barato de una ramera.

Nadie sabe cuánto tiempo hubiera padecido Nyogen esa enfermedad que lo corroía por dentro y que se manifestaba en su exterior afilando sus facciones y empalideciendo su rostro. Pero, como sucede con todos los hijos de aquel primer hombre que pecó, su existencia no discurría aislada y, al fin y a la postre, se vio también afectada por los acontecimientos que se cernían sobre el horizonte de las islas.

Y mientras el samurái Nyogen se torturaba formulándose preguntas que no se atrevía a responder se cumplieron seis años de la derrota del Gran Jan, y el Gran Jan venció de manera definitiva a sus enemigos los sung del sur, y a su memoria vino aquel pueblo que se le había resistido y que le había costado en la primera campaña nada menos que trece mil muertos y centenares de barcos.

Y entonces, el Gran Jan, aquel que tenía una madre que profesaba la fe de Fan, pero que seguía adorando a los espíritus y utilizando a los shamanes para saber el camino que debía tomar, comenzó a reclutar tropas y a juntar los suministros que necesitaba para una campaña que estaba seguro de que sería la definitiva. Y esta vez, el ejército reunido fue mucho más numeroso, porque llegó a superar los ciento cincuenta mil guerreros, y los barcos también alcanzaron una cifra situada por encima del millar.

Y a inicios del verano, aquel ejército formado por *zhon guo ren* y por mongoles y por los poco fiables coreanos desembarcó en Iki y la ocuparon sin dificultad alguna. Y al cabo de dos semanas, aquellas fuerzas que a los espías de Nihon les parecían numerosas como las arenas de la playa y las estrellas del cielo se dirigieron hacia la isla de Kyushu a bordo de dos flotas. Y una de ellas desembarcó al norte de la isla, cerca de un lugar llamado Manakata, donde los guerreros de Nihon habían decidido levantar un muro para contener a los invasores. Y la otra lo hizo al sur con la intención de avanzar y reunirse con sus compañeros y así, como si fueran una mandíbula de fuego y acero, triturar a los hombres de Nihon. Y entonces el *kotei* se acordó de Kazumi-san, y Kazumi-san recordó a un samurái llamado Nyogen y lo llamó para que defendiera aquellas tierras de los invasores.

Fan, el *dorei* que había venido desde Zhon guo, se encontraba preparando una comida humilde pero sabrosa cuando se percató de que su amo llegaba corriendo a la casa y se precipitaba en ella como si lo impulsara un viento impetuoso.

–*Dorei! Dorei!* –pudo oír que gritaba desde el interior de aquel entramado endeble de madera y papel.

Apartó los alimentos del fuego y se dirigió apresuradamente al lugar donde se hallaba el samurái. Lo encontró ataviándose y entonces lo supo todo.

–Nyogen-san –comenzó a decir respetuosamente–. Los hombres del Gran Jan...

–*Hai* –le cortó su amo–. Y esta vez son mucho más numerosos. Al parecer, tienen la intención de conseguir lo que no lograron hace seis años.

El *dorei* guardó silencio. Era más que consciente de que el comentario realizado casi de pasada por su dueño se correspondía con la realidad. También sabía que todo aquello hubiera podido evitarse si la actitud del *kotei* hubiera sido diferente.

–Kazumi-san me ha ordenado reunirme con el resto del ejército –continuó hablando el samurái–. Temo... temo que existen no pocas posibilidades de que no regrese. No debes preocuparte por ello. Si los guerreros del Gran Jan cuentan con las máquinas de las que tú me has hablado se impondrán sobre nosotros, conquistarán las islas y tú volverás a ser un hombre... libre.

Pronunció la última palabra casi con sorpresa, como si al hacerlo se hubiera planteado por primera vez si el *dorei* no había conservado siempre una prodigiosa libertad que él mismo no le había podido arrebatar porque no era consciente de ella. Sacudió la cabeza como si pudiera apartar los pensamientos igual que si se trataran de un insecto molesto. Aquél, desde luego, no era el momento para entregarse a esos juegos de la mente. Ahora debía marcharse.

Calló el samurái y fingió estar profundamente ocupado en realizar la lazada correcta en su atuendo. Luego, inesperadamente, respiró hondo, levantó la cabeza y dijo:

–Hasta aquí hemos recorrido el camino juntos.

Fan clavó la mirada en su amo con una expresión que era, a la vez, de pesar y de sorpresa. ¿Acaso pretendía dejarlo en aquella casita asentada en lo alto de una colina chata? ¿Acaso tenía la intención de impedir que lo acompañara? ¿Acaso había decidido marchar solo a una batalla de la que, con total certeza, no regresaría con vida o porque los guerreros del Gran Jan le darían la muerte o porque él mismo se privaría del aliento para lavar la vergüenza de la derrota?

–*Ié* –dijo suavemente Fan–. Aún nos queda una parte del sendero que debemos realizar uno al lado del otro.

El samurái concluyó con soltura la lazada y comenzó a ajustarse otra parte de su complicada vestimenta.

–*Ié, dorei.* Nuestros caminos se separan desde este momento. Yo iré por el sendero de la muerte, que es el que me estaba señalado hace años y del que me he escapado de una manera... –dudó antes de proseguir– quizá no del todo adecuada. En cuanto a ti, volverás al seno de tu pueblo.

–Nyogen-san –dijo Fan–. Tú eres mi dueño. A ti debo obedecerte. Por supuesto, amo Zhon guo, pero... pero no dejo de ser un simple *dorei* y mi obligación es ayudarte. Además... además siento una enorme gratitud por lo que has hecho por mí.

El samurái interrumpió lo que estaba haciendo y clavó la mirada en el *dorei.* ¿Acaso había escuchado bien? ¿Realmente podía ser cierto lo que acababa de oír?

–Sólo me has golpeado una vez –continuó explicándose el *dorei*– y eso fue cuando no me conocías y, seguramente, tu juicio estaba ofuscado porque pensabas que era un mal regalo y que merecías más. Luego, la verdad sea dicha, en ningún momento has dejado de proporcionarme comida. Es cierto que nunca he caído enfermo, pero estoy seguro de que si así hubiera sido, también me hubieras atendido. E incluso, cuando fuiste a ver al *kotei,* me llevaste contigo y al regresar incluso quisiste regalarme unas horas con una mujer. Yo rechacé ese obsequio porque no está bien, pero, amo, aprecio lo que quisiste hacer entonces porque tú me tratabas como... como a...

El samurái hizo un gesto brusco con la diestra y Fan calló inmediatamente. Había estado a punto de decir que uno de los guerreros de confianza del *kotei* y él, un *dorei* miserable y extranjero por más señas, habían compartido algo que se parecía a la amistad, ese sentimiento que un samurái sólo podía experimentar hacia sus iguales, aquellos que, a diferencia del resto de los habitantes de Nihon, no se denominan por su actividad sino por un nombre propio.

Bajó la mano Nyogen y el *dorei* también inclinó la cabeza temeroso de haber ido demasiado lejos con sus palabras.

–*Hai,* está bien –dijo el samurái rasgando un silencio que se había vuelto agobiante–. Nyogen-san irá a la guerra. Ése es su deber. Lo hará envuelto en su *do maru,* armado con su *tachi* y su *yari,* protegido por su *hoshi kabuto,* montado en su caballo y acompañado por un amigo que se llama Fan. Ése es su placer y su privilegio.

DEL LIBRO DEL DOREI

Ha quedado dicho en las enseñanzas del Único que merece honra en el universo:

No rindas culto a nada que no sea el Único Espíritu Sagrado. Ni a los dioses, ni a los hombres, ni a los espíritus. A nadie rindas culto salvo a Él.

La virtud sólo puede ser practicada en este mundo. El Único Espíritu Sagrado controla todo y hay que hacer lo que el Espíritu exige: comportarse correctamente en esta vida.

Éste es el único mundo en el que se pueden realizar buenas obras.

No pienses en el otro mundo.

Todos los actos de bondad y benevolencia han de ser realizados en este mundo, no en el siguiente.

Hay que practicar la caridad en este mundo porque no se podrá hacer en el siguiente.

Siendo consciente de esto, abre tu mano y no seas avaro ni tacaño.

Sólo puedes ser caritativo y generoso en este mundo, no en el siguiente.

De manera que líbrate del mal y de la ponzoña que hay en tu corazón y abandona todos tus malos pensamientos y la envidia.

Eso sólo lo puedes hacer en este mundo y no en el siguiente.

Con paz de mente, adora a Shang-di *en este mundo.*

Las consecuencias de esta vida las recogerás en el mundo siguiente, pero una vez que llegues allí ya no podrás hacer nada.

Si comprendes todo y actúas en consecuencia, serás feliz.

Así es como el Único Espíritu Sagrado planeó las cosas y las puso ante nosotros para que eligiéramos nuestro camino. Por eso también entró en este mundo, porque no existía otra manera de librarnos de nuestros pecados.

NYOGEN

XII

Y así el samurái Nyogen y su *dorei* marcharon al encuentro de las fuerzas de invasión que habían partido de la lejana Zhon guo. Su camino no fue muy dilatado porque aquellas islas eran pequeñas y más si se las comparaba con la inmensa extensión de pueblos, lenguas y ciudades que ya estaban sometidas al nieto del incomparable Gengis, aquel al que los hombres que profesaban la misma fe que Fan anunciaron que se convertiría en Jan.

De esta manera, los soldados de Nihon y los guerreros del Gran Jan se enfrentaron encarnizadamente. Los primeros porque defendían su tierra y porque no tenían dudas de que una derrota significaría únicamente la sumisión de todos y la muerte de no pocos; los segundos porque ardían de ira pensando en la manera en que el *kotei* había ofendido al Gran Jan al decapitar a los embajadores, porque hervían de resentimiento al recordar cómo Je-pen-kuo había comerciado con los sung del sur prolongando la guerra que se había librado contra ellos o simplemente porque temblaban de pavor pensando en los terribles castigos que esperaban a los que retrocedieran en el campo de batalla.

Sin embargo, a pesar de que ambos ejércitos derrocharon valor y bravura, el resultado de la pugna permaneció indeciso. Es cierto que los guerreros de Nihon siempre tenían que retirarse ante el empuje irresistible de la caballería de los mongoles; es verdad que aquellas máquinas de las que Fan había hablado a Nyogen derribaron todos los muros que encontraron a su paso y es innegable que los hombres del *kotei* eran devorados por sus enemigos de la misma manera que la paja que es dejada al lado del fuego. No obstante, tampoco los fieros soldados del Gran Jan escapaban a las dentelladas de aquella guerra que parecía inacabable. Como si fueran un conjunto de hormigas decididas a enloquecer a un elefante aunque la mayoría quedara pisoteada bajo sus patas, los samuráis y los infantes del *kotei* no dejaban de combatir tanto si retrocedían, como ocurría de continuo, como si amagaban con avanzar.

Y así, pasaron dos meses, y lo que había sido un verano suave que no oprimía los cuerpos ni los corazones, y que incluso permitía combatir sin el temor al frío, se convirtió ahora en un agobiante estío en el que los días se alargaban permitiendo que los combatientes pudieran matar y morir durante más horas; y en el que las noches se acortaron impidiendo un descanso completo para poder reanudar aquella temible ceremonia de sangre y muerte a la siguiente jornada.

Y a la memoria de Fan acudieron los tormentos que sufrían en las profundidades de las corrientes amarillas los que no habían creído en Ye Su, el que había nacido de una muchacha llamada Mo San, y se dijo que no podían ser mucho peores que lo que estaba contemplando en aquella campaña tan diferente de otras que había vivido años atrás. Porque en aquellos días los soldados conocieron, además de la muerte inapelable y del lacerante dolor de las heridas, el hambre insaciable, la sed abrasadora, la suciedad pegajosa, los parásitos omnipresentes y la enfermedad ineludible hasta tal punto que alguno confió en que los *kami* acabarían expulsando a los ejércitos del Gran Jan no por la fuerza de las armas –que cada día que pasaba era menor–, sino por la acción de toda la miseria insoportable que los hombres acumulaban a su desesperado paso.

–No queda arroz.

Las palabras sonaron, en realidad, cansinas y agotadas, más teñidas por la constatación de lo que se temía que por la alarma de un descubrimiento inesperado. Sin embargo, para Nyogen tuvieron toda la terrible carga de una sentencia de muerte que no porque se espera resulta menos terrible al ser pronunciada.

–¿Estás completamente seguro? –preguntó a su subordinado a pesar de que no tenía la menor duda de que le había transmitido la verdad desnuda.

–*Hai,* Nyogen-san –respondió–. Ni un solo grano. Hemos requisado todo el que podía haber en los alrededores. Se lo arrancamos a los campesinos que, bueno... chillaban, lloraban, maldecían... pero... pero ya se ha terminado...

Nyogen se pasó la mano por la frente para retirarse la gruesa capa de caldoso sudor que se le había formado y echó un vistazo a los hombres que le quedaban. Sus bajas no podían ser inferiores a la mitad y eso sin contar a los heridos a los que habían tenido que abandonar en sus forzados repliegues, unos repliegues que tan sólo perseguían seguir presentando combate en mejores condiciones y que siempre se ejecutaban sin dejar de luchar. Habían entregado sus vidas con valor y gallardía –nadie se hubiera atrevido a dudarlo ni siquiera un instante–, pero ahora... ahora la resistencia tocaba a su fin. Sus hombres sólo tenían la alternativa de rendirse, de morir de hambre o de buscar la muerte en una carga dirigida contra las fuerzas enemigas. Por lo que a él se refería, no cabía duda de que la tercera opción era la única aceptable.

–Quizá no se haya perdido todo.

Nyogen se volvió y contempló la figura, ahora realmente escuálida, de su *dorei.* Aunque había insistido una y otra vez en que no era verdaderamente un soldado y en que su labor estaba relacionada con las máquinas, tras dos meses de cercanía en la lucha no le cabía duda alguna de que tenía el corazón de un guerrero. No deseaba causarle problemas insolubles y, precisamente por ello, le había prohibido participar en el combate. Pero no había dejado de estar siempre en primera línea para arrastrar a los heridos, para llevar agua, para acercar socorros o incluso para recoger los proyectiles que, porque se les iban acabando, cada día resultaban más preciosos. Ahora, por lo visto, era víctima de la locura que, ocasionalmente, provocan las batallas y se permitía decir que no todo había terminado. ¡Pobre!

–Me temo, *dorei,* que esta vez yerras –dijo Nyogen con el pesar tiñendo su voz.

–Si el problema es el arroz, bastaría con hacernos con algunos sacos –comentó Fan, al parecer nada dispuesto a dejarse vencer por el desánimo.

–Quizá incluso sabrás dónde se encuentran esos sacos –le interrumpió el samurái con tono desabrido. Se encontraba ya demasiado abrumado por lo que sucedía como para entrar en una discusión sobre la posible ubicación de un arroz que no existía.

–*Hai,* lo sé –afirmó el *dorei* con una mueca en el rostro que se parecía a una sonrisa.

Nyogen se llevó la mano a la cara, una cara que llevaba semanas sin rasurarse y sobre la que había ido creciendo una barba rala y desarreglada.

–Te escucho, *dorei* –dijo al fin.

–Mira, Nyogen-san –comenzó a hablar Fan a la par que con una ramita comenzaba a trazar rayas en el suelo–. Aquí estamos nosotros..., aquí, al otro lado de la playa, están los hombres del Gran Jan...

–Sé todo eso de sobra, *dorei* –protestó el samurái, al que estaban comenzando a molestar los dibujos de Fan.

–Aquí –prosiguió como si no hubiera escuchado las protestas de su dueño– se colocan los suministros. Entre ellos, con seguridad, tiene que haber sacos de arroz. Muy posiblemente, en abundancia.

Nyogen clavó la mirada en la tierra como si en aquellas rayas estuvieran contenidos los arcanos más ignotos y relevantes del universo.

–¿Estás seguro? –preguntó sin poder retirar los ojos de las líneas burdas que recorrían la tierra.

–*Hai,* amo, *hai* –respondió Fan–. Naturalmente, se encontrarán protegidos, pero contamos con una ventaja y es que no esperan que podamos atacarlos para apoderarnos de su comida.

El samurái siguió observando lo que parecía el sendero para obtener la vida propia y la de sus hombres. *Hai, hai,* a decir verdad, no disponían de otra salida si deseaban continuar combatiendo y si, desgraciadamente, morían en el intento se trataría de un final con honor.

–¡Yuko! –gritó Nyogen a uno de sus subordinados– ¡Yuko! ¡Escoge a diez hombres! ¡Ahora mismo! Vienen conmigo a una misión muy especial.

Las horas que transcurrieron hasta que el sol cansado se ocultó tras la línea gris del firmamento le parecieron al samurái insoportablemente prolongadas. No se trataba ahora de enfrentarse con un ejército en campo abierto, ni siquiera de continuar combatiendo mientras se llevaba a cabo un repliegue. Era más bien la espera que antecede a momentos especialmente trascendentales, aquellos en los que ha de quedar establecido el temple verdadero de un hombre y la elección decisiva que ha de llevar a cabo entre la vida y la muerte, entre el honor y la vergüenza. Precisamente por ello, cuando la luz desapareció, Nyogen sintió un alivio especial.

Había explicado las órdenes a los soldados y comprobado satisfactoriamente que las habían entendido. Por eso, bastó ahora que diera la señal para que todos se pusieran en camino hacia su objetivo.

Prudentemente, había destacado en cabeza a dos exploradores que, adelantados unos centenares de pasos, debían llevar a cabo la observación del terreno. De ellos no se esperaba tanto que avisaran de que el enemigo era numeroso –¿qué podía importar eso cuando se marchaba decididamente al encuentro de la muerte?– cuanto que habían avistado los carros o las yurtas donde estaban ubicados los sacos de arroz.

Llevaban caminando ya un buen rato y la luna se encontraba a punto de alcanzar el punto más elevado de su trayectoria, cuando uno de los hombres desanduvo sus pasos y volvió a enlazar con el grupo a cuya cabeza estaba el samurái.

–Nyogen-san –dijo con la voz entrecortada–, creo que hemos descubierto lo que buscábamos, pero... pero está lejos aún y podría amanecer antes de que llegáramos...

Resultaba obvio que aquel hombre deseaba sobrevivir a aquella aventura. Seguramente, tenía no menos hambre que el resto de sus compañeros, pero ansiaba más seguir con vida que saciarse. Si el riesgo que se acrecentaría por la luz era que los pudieran distinguir los guerreros del Gran Jan, sin duda, prefería soportar con el estómago vacío durante un día más.

–Vamos –dijo el samurái a los hombres que le seguían sin hacer el menor caso de las palabras que acababa de pronunciar el temeroso explorador.

Así, el grupo siguió viajando en medio de la oscuridad, orientándose sólo por el instinto adquirido en el combate y recibiendo el aliento de un samurái que parecía más que dispuesto a llegar hasta el final. Cuando los guerreros de Nihon llegaron a su objetivo, una luz azul plateada, que arrancaba a chorros de la línea del horizonte, había comenzado a extenderse sobre las olas del mar para estrellarse en las arenas de la playa. Fue aquella luminosidad casi metálica la que les permitió distinguir casi inmediatamente el lugar donde estaban arremolinados unos carros de inmensas ruedas, justo el tipo de vehículos que no podían circular por los caminos de Nihon para evitar que los deterioraran. Apenas debían llegar a la media docena y, con casi total seguridad, tenían que servir para transportar las provisiones de alguna unidad que estuviera maniobrando en las cercanías. No era posible saber con exactitud cuántos guerreros custodiaban aquella carga pero quizá no pasaran de veinte o treinta. Incluso si eran más, en opinión de Nyogen, la desproporción no resultaría tan desfavorable como podía parecer a primera vista.

–Hay demasiada claridad... –escuchó el samurái que decía a sus espaldas una voz preñada de desaliento y que no identificó con la del explorador.

–No podemos acercarnos sigilosamente –dijo mientras se volvía a dar sus últimas instrucciones a los hombres–. Hay demasiada luz y a esta distancia se percatarían de quiénes somos y nos abatirían con sus flechas antes de llegar. Nuestra única posibilidad reside en acercarnos corriendo y alcanzarlos antes de que puedan reaccionar y defenderse.

No era aquél momento para incurrir en distracción alguna, pero Nyogen no pudo evitar lanzar una mirada más en dirección a aquellas formas bastas y con ruedas de las que deseaban apoderarse. Las recorrió con la vista, casi acariciándolas, como si fueran algo valioso y codiciado desde hacía mucho tiempo. Y, en realidad, era así porque en el seno de aquellos carromatos, a unos centenares de pasos apenas, se hallaba la comida y con ella la posibilidad de seguir resistiendo.

–Guerreros, ahora debéis llegar de la manera más silenciosa posible hasta aquella duna –dijo señalando una pequeña ondulación que se dibujaba en la arena–. Cuando yo os lo ordene, desde allí mismo, lanzaremos el ataque. Iremos de uno en uno para no llamar la atención del enemigo.

El samurái fue dando salida a cada uno de sus acompañantes. Les hacía una indicación, primero, y luego les comunicaba que había llegado el momento acompañando la señal de una mirada de aliento, de un golpe en el brazo, de una palmada en la espalda. Y así llegó hasta el *dorei*.

–*Ié* –dijo cuando vio que Fan se acercaba.

La sorpresa se reflejó en el rostro del *dorei* al escuchar aquella palabra que pretendía excluirle del combate.

–Pero... pero ¿por qué? –apenas acertó a decir.

–Tú no vienes –respondió Nyogen con un tono acerado que no dejaba lugar a réplica–. Esperarás aquí nuestro regreso y si nadie vuelve, emprenderás el retorno al campamento e informarás al oficial de mayor rango de lo que ha sucedido.

–Pero... –quiso quejarse el *dorei*– tú no aceptarías que alguien te privara de la gloria de morir...

Nyogen sonrió al escuchar aquellas palabras. A pesar del momento, le pareció que resultaban divertidas y que era así porque, en realidad, el *dorei* no creía en ellas y sólo las utilizaba como un instrumento encaminado a convencerle de que cambiara de opinión.

–*Dorei,* en ocasiones hay mayor gloria en obedecer que en morir –dijo Nyogen–, y tú además no eres un samurái...

Hizo una pausa y, con voz quebrada por la emoción, terminó la frase:

–... tú eres algo más importante, mucho más importante. Tú eres un sabio... Fan.

El *dorei* hubiera querido argumentar, discutir, rebatir aquellas palabras, pero Nyogen no le dio oportunidad. Con gesto rápido, giró sobre sí mismo y echó a correr hacia el repliegue de arena donde le esperaban sus hombres. Alcanzó el lugar, se lanzó al suelo para ocultarse y comprobó con desagrado que la luz azulada que lamía la superficie del océano se había transformado ya en un fanal amarillo que calentaba la tierra. Se incorporó lo suficiente para desenvainar el *tachi* y, lanzando un grito, saltó de la duna y comenzó a correr en dirección a los carros.

Los gritos ensordecedores de los guerreros de Nihon desconcertaron al adormilado destacamento mongol que custodiaba los carros de suministros. Todos sus componentes se habían considerado a salvo en aquel enclave alejado y tranquilo, y, al proteger tan sólo unos sacos de arroz, nunca hubieran esperado ser objeto de un ataque enemigo. Los dos primeros soldados del Gran Jan con que se toparon los guerreros de Nihon ni siquiera llegaron a ser conscientes de lo que estaba sucediendo. Antes de que pudieran ordenar lo que acontecía en el interior de sus confusas cabezas, éstas cayeron rodando sobre la arena. Los tres siguientes con los que se encontró el grupo que capitaneaba Nyogen sí intentaron resistir, pero apenas consiguieron desenvainar las espadas antes de caer muertos. Y así, cuando, finalmente, los guerreros del *kotei* alcanzaron el lugar donde estaban los carros, no menos de media docena de enemigos empapaban con su sangre el suelo de Kyushu sin haber conseguido causarles ni un arañazo.

El explorador que había advertido al samurái sobre la cercanía del alba estaba tan eufórico por lo que ahora consideraba una rápida victoria que, viendo que los bueyes se hallaban uncidos, no pudo reprimir el deseo de subir a uno de los carros e intentar dirigirlo hacia el lugar de donde habían salido la noche anterior. Apenas llegó a sentarse en el pescante y a coger las riendas. Sonreía azuzando a las bestias, cuando una flecha rasgó el aire y le horadó el pecho a la altura del corazón. Aún tenía dibujada en los labios la sonrisa cuando cayó pesadamente del carro.

Dos, tres, cuatro guerreros de Nihon más fueron acribillados antes de que Nyogen diera la orden de ponerse a cubierto detrás de los carros. Repasó entonces con un rápido vistazo la gente que le quedaba. El panorama, desde luego, no podía ser calificado de alentador. Apenas habían pasado unos instantes y sus efectivos habían quedado reducidos a la mitad. Y no era eso lo peor. Lo más grave es que no lograba ver la manera de maniobrar. Si decidía lanzarse sobre los guerreros del Gran Jan –fueran los que fueran– lo más seguro es que los abatirían en apenas unos instantes; si, por el contrario, intentaban retirarse ni siquiera alcanzarían la duna desde la que habían lanzado el ataque.

–¿Qué hacemos, Nyogen-san? –preguntó uno de los soldados más jóvenes.

No llegó a responder. Antes de que pudiera hacerlo, un hombre que hablaba en la lengua de Nihon y que se encontraba en el lugar donde se hallaban los mongoles les instó a rendirse. Serían bien tratados, aseguraba, se les daría agua y comida, la comida de la que no disponían. ¿Por qué debían perder la vida de manera absurda e inútil? ¿Acaso no era mejor entregarse y comer y seguir viviendo?

Nyogen no tenía la menor duda de que se trataba de un engaño y sospechaba que serían acribillados nada más abandonar su refugio, pero un simple vistazo a la cara de sus hombres le convenció de que preferían creer una mentira a enfrentarse con una verdad que sólo podían contemplar como horrible. Era igual. Hicieran lo que hicieran, él se lanzaría sobre los guerreros del Gran Jan y así tendría una muerte si no triunfal, al menos, honrosa.

–No voy a entregarme –dijo a los escasos guerreros que aún seguían vivos–, pero sois libres de hacerlo.

Los soldados le miraron con la sorpresa más absoluta pintada en sus rostros. Era la primera vez desde que servían al *kotei* que un oficial les había dado la opción de hacer lo que creyeran más oportuno.

–El que lo desee puede rendirse –prosiguió–. Yo esperaré a que sea recibido en las líneas enemigas y entonces me lanzaré al combate.

Sus subordinados se intercambiaron miradas sin poder salir de su estupefacción.

–Nyogen-san –dijo uno de ellos–, yo me quedo.

Se trataba de un hombre mayor, un veterano. Quizá no tenía familia ni amigos, o quizá solamente deseaba igualarse con un samurái aunque fuera en esas condiciones y por una sola vez en su vida.

–*Hai*, está bien –concedió el samurái–, pero los demás pueden hacer lo que deseen.

Apenas había concluido la frase, los restantes soldados se pusieron en pie y gritaron que iban a entregarse. La misma voz que les había llamado a capitular tan sólo unos momentos antes ahora les felicitó por su cordura y sensatez, por haber actuado sabiamente, por preferir vivir a morir.

No llegaron a apartarse una docena de pasos del lugar tras el que estaban protegidos cuando sobre ellos cayó una lluvia de flechas que les destrozó los miembros, el pecho, los ojos.

–Son perros, Nyogen-san –mascullo el hombre que había permanecido a su lado–. *Ié,* son peor que los perros. Son fieras.

Fieras... *Hai,* pero esta vez no iba a salvarse de ellas como le había sucedido años atrás, aquel día en que había salido a cazar por invitación de Kazumi-san y un *dorei* le había librado de morir despedazado.

Bien, el destino acaba alcanzándonos a todos, se dijo, y el suyo había llegado. Echó un vistazo a la hoja del *tachi.* Estaba cubierta de sangre, y, con seguridad, sería la última que bebería antes de que su amo cayera atravesado. Sucedería dentro de unos instantes tan sólo y entonces... entonces quizá regresaría a este mundo convertido en otro ser o quizá se encontraría con ese Ye Su del que le había hablado el *dorei,* aquel que había muerto colgado para que todos obtuvieran el perdón...

–¿Estás preparado? –preguntó a su único acompañante y, al hacerlo, su voz resonó llena de dignidad y aplomo.

Pero el guerrero no respondió. Por un instante, el samurái creyó que había caído presa de un pánico terrible sobrevenido en el momento de enfrentarse con la muerte. Sin embargo, inmediatamente reparó en que el gesto que cubría como una máscara a su camarada de armas no era de pavor, sino de reverencia, de una reverencia como sólo la había contemplado ocasionalmente en los fieles que acudían a algunos templos. Miraba hacia un lugar perdido del horizonte y lo hacía como si lo hubieran hechizado. Nyogen dirigió también sus ojos hacia aquel punto y entonces lo comprendió todo.

–*Kamikaze*... –escuchó que balbuceaba su acompañante–. *Kamikaze*...

Hai, se dijo Nyogen, *hai*. Era el *kamikaze*... el viento de los dioses.

CONCLUSIÓN

Y así, cuando las tropas del Gran Jan y de Nihon llevaban dos meses guerreando, y cuando las bajas se acumulaban en uno y otro bando, y cuando el resultado de los combates parecía indeciso, se desató sobre las islas, a pesar de ser verano y a pesar de que nadie lo había previsto, un viento que los habitantes de Nihon denominan habitualmente tai-fún, *pero que ahora comenzaron a llamar –con grandes voces–* kamikaze, *esto es, el viento de los dioses.*

Y este kamikaze, *es decir, este viento de los dioses, aniquiló una vez más la flota que el Gran Jan había enviado contra las islas de Nihon. Y sus pérdidas resultaron mayores, y los muertos que sufrieron sus tropas se contaron ahora por decenas de miles, y los barcos perdidos por centenares. Y es posible que el Gran Jan hubiera deseado continuar la lucha y seguir combatiendo hasta vengar la ofensa que había recibido del* kotei *de Nihon cuando ordenó decapitar a los embajadores que le había enviado. Sin embargo, no le fue posible.*

Y sus tropas tuvieron que reembarcar aún más apresuradamente que la primera vez, y su retirada aún fue más catastrófica.

El hombre dejó de escribir y echó un vistazo al pincel con el que estaba trazando los rasgos sobre el papel. Era un instrumento viejo, pero lo peor es que además resultaba malo. Pasó la yema del índice izquierdo por sus cerdas y se preguntó si aguantaría hasta el final del relato. Bueno, ahora no podía interrumpirlo. Se inclinó, pues, con gesto diligente sobre la pastilla de tinta y frotó suavemente la punta del pincel sobre ella hasta que quedó convenientemente empapado.

Todo esto es sabido por muchos –prosiguió– *porque los habitantes de las islas de Nihon se apresuraron a difundir el dicho de que los* kami *las protegían de manera especial y de que nadie debería osar invadirlas en el futuro y que si alguien caía en semejante falta de insolencia y soberbia, padecería con seguridad el azote de un nuevo* kamikaze *que la arrastraría al desastre. Pero el Gran Jan no quiso darse por vencido y, apenas unos meses después, intentó llevar a cabo una nueva expedición. Sin embargo, esta vez los mercaderes de Zhon guo dijeron que no podían arruinarse construyendo más barcos y los coreanos se quejaron de que había millares de familias con viudas y huérfanos. Y tantas fueron sus lágrimas y tan numerosas sus quejas que el Gran Jan se vio obligado a desistir de sus propósitos.*

El hombre se apartó del papel y contempló lo que acababa de escribir. Sonriendo, se dijo que no había perdido la mano para trazar la caligrafía y que, con seguridad, muy pocos funcionarios de la corte podrían superarlo en escribir con belleza y seguridad. Era una pena que el sol hubiera acelerado su descenso y que ya quedara poca luz. Historias como aquéllas debían ser escritas con la luminosidad que emana del cielo y no con la mortecina que arrancaba de las teas o de las lámparas. Tenía que darse prisa.

Todo esto es conocido por mucha gente tanto en Nihon como en Zhon guo. Sin embargo, hay otras historias que, a pesar de no haber alcanzado tanta popularidad, merecen ser referidas. Una de ellas es la que versa sobre la manera en que concluyó la expedición del samurái Nyogen que había partido hasta las filas del Gran Jan para hacerse con el arroz suficiente que le permitiera alimentar a sus tropas.

Nyogen llegó con retraso hasta el lugar donde los mongoles custodiaban el arroz no por negligencia, sino porque estaba lejos y además en verano las noches son más cortas. Y así, cuando decidió atacarlos, el sol ya había comenzado a elevarse en el firmamento, de tal manera que no pudo sorprender a sus enemigos. Es cierto que logró abatir a unos cuantos, pero cuando pretendió seguir adelante con la misión que él mismo se había encomendado, las flechas abatieron a la mitad de sus hombres. Mientras Nyogen y los supervivientes de su grupo se protegían detrás de algunos carros, los mongoles ofrecieron a los guerreros de Nihon la posibilidad de entregarse y así no sólo salvar la vida sino también calmar la sed y saciar el hambre. Y era tanta el hambre y tanta la sed que padecían aquellos soldados que todos, salvo Nyogen y un veterano, decidieron rendirse. Pero entonces, los mongoles no sólo no cumplieron su palabra sino que los acribillaron con sus proyectiles.

El hombre apartó el pincel y volvió a fijarse en su punta. Verdaderamente, era una pena el estado de aquel instrumento de escribir. Pero ya era tan tarde que si se ponía a buscar otro seguramente se haría de noche y no podría concluir lo que estaba escribiendo. Decididamente no dejaba de ser un fastidio, pero, de momento, sería mejor que continuara y terminara de una vez.

Y, al verse en aquella situación, Nyogen comprendió que la única salida honrosa consistía en lanzarse sobre sus enemigos y encontrar la muerte luchando. Semejante pensamiento no lo abrumó ni tampoco le causó tristeza, porque es deber de todo samurái pensar en la muerte casi cada instante del día y porque, por añadidura, la muerte le podría librar de muchas cargas que pesaban insoportablemente sobre su espíritu.

Sin embargo, cuando se encontraba a punto de librar su último combate, reparó en que el guerrero que había permanecido a su lado observaba sobrecogido el firmamento y cuando él mismo dirigió la mirada al cielo descubrió que un tai-fún *–al que su compañero se apresuró a llamar* kamikaze, *esto es, viento de los dioses– se desplazaba hacia la playa en la que estaban en esos momentos.*

También observaron los mongoles el tai-fún, *pero no mantuvieron la presencia de ánimo de Nyogen, el samurái, sino que, recordando lo que se les había dicho de una expedición anterior, emprendieron la fuga, pensando no que los dioses venían a castigarlos, sino que los demonios se lanzaban sobre ellos. Y así, cuando sus enemigos huyeron empavorecidos, Nyogen, el samurái, y su compañero, salvaron la vida.*

Emprendieron el regreso a su campamento a toda prisa porque no sabían si el resto del ejército de Nihon sospechaba lo que estaba sucediendo en la costa, y en el camino de vuelta se encontraron con un hombre de Zhon guo de quien el samurái había sido dueño por más de seis años. Este hombre, a pesar de su condición de extranjero, apreciaba de todo corazón a Nyogen y no había querido regresar al campamento sin saber qué había sido de su amo y por eso lo estaba esperando a tan sólo unos centenares de pasos del lugar.

Y los tres emprendieron el retorno y durante aquel día y el siguiente, fueron testigos de cómo el tai-fún *aniquilaba a los ejércitos del Gran Jan y les obligaba a reembarcar con grandes pérdidas.*

Y entonces, el samurái recibió honor y honra por el valor que había demostrado en la batalla, pero a él nada de aquello le preocupaba ya, sino que pensaba únicamente en cómo proteger al extranjero que le había servido durante más de seis años, pero que nunca le había tenido rencor ni resentimiento, sino que le había tratado como a un hermano e incluso le había enseñado muchas cosas extrañas y maravillosas, además de útiles y sabias.

Y así, un día decidió llevar a aquel extranjero hacia un puerto de la costa, y le condujo hasta un barco que tripulaban marinos coreanos, y contrató con ellos que lo trasladaran hasta la tierra de Zhon guo de donde era originario. Y el extranjero hubiera deseado permanecer en Nihon a pesar de que allí no podía ser considerado un hombre libre, pero el samurái le insistió y le dijo que otros también debían conocer las cosas extrañas y maravillosas, además de útiles y sabias, que le había enseñado. Y ambos –el samurái y el extranjero– se despidieron en el muelle.

Y el extranjero, que se llamaba Fan, que una vez fue hombre libre, y luego esclavo y luego volvió a ser libre, dijo al samurái antes de subir al barco que le conduciría a Zhon guo:

Si estudias, pero no crees, entonces es que no has recibido los preceptos.

En última instancia, todo reposa en Dios. Nuestros sagrados antepasados, tanto los grandes como los pequeños, aparecerán ante nosotros y nos juzgarán al final.

Lo primero es obedecer a Dios. Dios protege todo lo que vive; y todo lo que vive puede vivir porque Dios lo protege.

Dios mira con compasión a aquellos que se apartan de rechazar a Dios y de hacer el mal.

Y aquellos que creen en Ye Su, el que nació de una joven elegida llamada Mo Yan, el que murió en la colina de Che Chu por nuestras faltas, pecados y transgresiones, aunque marchen de este mundo serán restaurados a la vida.

Y entonces el samurái y el extranjero se abrazaron y también lloraron porque sabían que nunca más volverían a verse y que Shang-di *era el que les había hecho conocerse.*

El hombre retiró el pincel, lo secó cuidadosamente y lo depositó en un estuche abierto. Iba a releer el texto, cuando una voz femenina resonó en la estancia donde se encontraba con el tono amable del cristal de buena calidad.

–Fan, la comida va a enfriarse. Además los niños llevan un buen rato esperando...

Fan decidió que luego recogería todo y se levantó del lugar en el que estaba sentado. En el umbral aún se encontraba su esposa, en cuyo talle se dibujaban las señales inconfundibles del sexto mes de embarazo. Sería el tercer vástago del matrimonio cuando viniera al mundo en primavera.

Por un instante, Fan se detuvo y miró por la ventana. El sol, como una gigantesca bola roja y llameante, estaba a punto de ocultarse en un firmamento esmaltado de tonalidades malva y azul. Va a descansar, pensó Fan, y debe de estar agotado porque ha recorrido un largo camino desde que esta mañana se levantó en Nihon, el país de mi amigo, el ilustre y bravo samurái Nyogen-san.

NOTA DEL AUTOR

En noviembre de 1274, Kublai Jan, de la dinastía del gran Gengis, el unificador del imperio mongol, lanzó una expedición contra Japón. Sus motivos, al parecer, no fueron expansionistas, sino que perseguían evitar que Japón comerciara con los sung del sur, con los que estaba en guerra el Gran Jan. Los mongoles eran militarmente muy superiores pero –tal y como se narra en la novela– fueron sorprendidos por una tempestad y, temerosos de que la flota se perdiera, se embarcaron e intentaron llegar a mar abierto. El resultado fue un desastre que costó al Gran Jan millares de muertos y centenares de barcos.

Durante años, el Gran Jan se vio obligado a pasar por alto aquella derrota, pero en 1279 envió a dos embajadores con la misión de convencer al emperador japonés para que dejara de llevar a cabo acciones que pudieran perjudicar al imperio mongol. La respuesta del emperador japonés fue decapitarlos y esta vez el Gran Jan organizó una expedición aún mayor que la del año 1274. En 1280, las tropas desembarcaron en Japón en los términos descritos en la novela y, tal como se narra en ella, una vez más la campaña concluyó con una derrota de los mongoles, ocasionada por un tifón que volvió a aniquilar su flota. Los japoneses interpretaron aquel episodio como una intervención divina y denominaron al tifón *kamikaze,* es decir, viento de los dioses, en la convicción de que éstos eran los que habían salvado a las islas del invasor. Semejante interpretación llegó a tener tal peso en la cultura japonesa que, durante la segunda guerra mundial, volvió a desempolvarse el mito de la imposible invasión y los pilotos suicidas adoptaron el nombre bien significativo de kamikazes.

Sin embargo, a pesar de todo lo sucedido, la verdad es que la cultura china –que los mongoles se habían apresurado a adoptar– era muy superior a la japonesa. Lo eran también sus logros materiales y basta comparar las descripciones contenidas en las páginas anteriores –y basadas en fuentes de la época– para ver hasta qué punto el emperador japonés era un muy modesto soberano en comparación con el muy significado Gran Jan.

De hecho, un chino del siglo XIII que pudiera conocer Japón habría pensado que se trataba de una cultura muy atrasada. Así, habría descubierto que la escritura japonesa estaba tomada –aunque de manera muy simplificada– de la china, que su esgrima resultaba rudimentaria, y que incluso el *zen* no era sino una adaptación sencilla, por no decir simplista, del *chang* chino. Naturalmente, para los occidentales que han asistido en las últimas décadas a un verdadero culto propagandístico del *zen,* este dato puede resultar chocante, aunque resulta rigurosamente exacto. Lo cierto es que mientras que los japoneses vivían una verdadera veneración por el *zen,* en China se había llegado a un claro escepticismo en relación al mismo e incluso ya circulaban libros en los que se describían las respuestas que había que dar a los *koan* casi colocándolas a la altura de simples y pueriles adivinanzas. En cierta medida, la situación tenía paralelos con actitudes de nuestro día. Mientras algunos occidentales parecen creer que el *zen* es la cumbre de la espiritualidad –de manera bastante peculiar algunos de los que incurren en esa actitud son clérigos católicos–, otros como Janwillen van de Wetering, autor de una interesantísima trilogía sobre el tema, han dejado de manifiesto descarnadamente la vacuidad del sistema y la facilidad de dominarlo sin por ello acceder a ninguna cumbre del espíritu. Sólo la impermeabilidad del Japón –impermeabilidad con la que únicamente acabaron los Estados Unidos y esto, de manera parcial, seis siglos después de la época del Gran Jan– y el esnobismo de algunos occidentales han permitido pasar por alto estos hechos.

La realidad china era también mucho más variada que la japonesa y no sólo por razones raciales. De hecho, frente a un Japón en buena medida monolítico, China albergaba en su seno a budistas, taoístas, musulmanes –por cierto, muy mal considerados por el Gran Jan a causa de su corrupción y escasa fiabilidad– y cristianos. Los datos sobre el cristianismo chino recogidos en esta novela son ciertos y, efectivamente, no faltaron los cristianos en la misma familia imperial, incluyendo a la madre de Kublai Jan. Sin embargo, su cristianismo era peculiar. De la misma manera que las referencias al código del samurái que aparecen en la novela son una reelaboración del autor partiendo de distintos libros japoneses dedicados a establecer sus pautas, las creencias de Fan responden, en ocasiones de manera literal, a la visión del cristianismo que aparece en distintas fuentes exhumadas en 1907 en China y que han sido denominadas, ocasional e inexactamente, los sutras de Jesús. Estos documentos que van del siglo VII al XI nos permiten encontrarnos con un cristianismo muy posiblemente de origen oriental que arraigó en China y que dio relevantes frutos durante varios siglos. Ni siquiera las persecuciones –algunas de ellas verdaderamente feroces– lograron acabar con él y persistió, al menos, hasta el siglo XIV, alimentando en Occidente entre otros el mito del Preste Juan, un legendario monarca cristiano de Oriente que ayudaría a Europa a librarse de la terrible amenaza que significaba el islam.

Del choque entre la cultura china y la japonesa emergió como vencedora la segunda, pero eso no quiere decir ni que fuera superior ni que los japoneses acabaran beneficiándose de esa victoria. En realidad, existen poderosas razones para pensar que lo contrario se encuentra más cerca de la verdad.

GLOSARIO

Buda. Iluminado.
Chang (ch). Forma de meditación budista china.
Di li xuć (ch). Geografía
Do (j). Camino
Do (j). Coraza.
Do maru (j). Cota de malla.
Domo o arigato (ch). Gracias.
Dorei (j). Esclavo.
Dozo (j). Por favor.
Hai (j). Sí.
Hara (j). Vientre.
Hoshi kabuto (j). Yelmo.
Huo yao (ch). Pólvora.
Ié (j). No.
Isogi (j). Daos prisa.
Jan (m). Emperador.
Je-pen-kuo (ch). Cipango, Japón.
Kami (j). Dios.
Kamikaze (j). Viento de los dioses.

Karma. El peso de las acciones que arrastra a nuevas reencarnaciones.

Katana (j). Espada de longitud media.

Koan (j). Acertijo o enigma en el zen encaminado a facilitar la llegada al satori.

Kotei (j). Emperador.

Lakarimasen (j). No entiendo.

Lakarimaska? (j). ¿Entiendes?

Nihon (j). Japón.

Ogi (j). Abanico.

On (j). Obligación moral

Qi (ch). Fuerza vital interior.

Re (ch). Hombres, los naturales de un país.

San (j). Señor.

Satori (j). Iluminación.

Shang-di (ch). Dios.

Tachi (j). Espada.

Tai-fún (j). Tifón.

Watagami (j). Espaldar.

Yari (j). Lanza.

Ye man (ch). Bárbaro, el no chino.

Yurta (m). Tienda.

Zannin na (j). Bárbaro, el no japonés.

Zen (j). Adaptación japonesa del chang chino.

Zhon guo (ch). China.

Zhon guo ren (ch). Chino.

Ch. Chino.

J. Japonés.

M. Mongol.